ga. 2,50

Verlag
Michael
Weyand

Mischa Martini

TANGO MOSEL

Mischa Martini

TANGO MOSEL

Verlag
Michael
Weyand

Dank an:
Gabriele Belker und Birgit Weyand für Lektorat
Dr. Hans-Joachim Kann; Dr. Randolf Körzel;
Dr. Christian Kraler, Wolfgang Lauer (Marineverein Trier), Bernhard Seibel für Beratung und wertvolle Tipps

Satz: Verlag Michael Weyand GmbH, Trier
Druck und Bindung: CPI books GmbH, Leck
Titel: Bob, Trier

ISBN 978-3-935 281-56-0
1. Auflage September 2007

Personen und Handlungen
sind frei erfunden.

Ähnlichkeiten mit
Verhaltensweisen von Menschen
an der Mosel und anderswo
sind zufällig,
mitunter unvermeidlich

Trier, Innenstadt

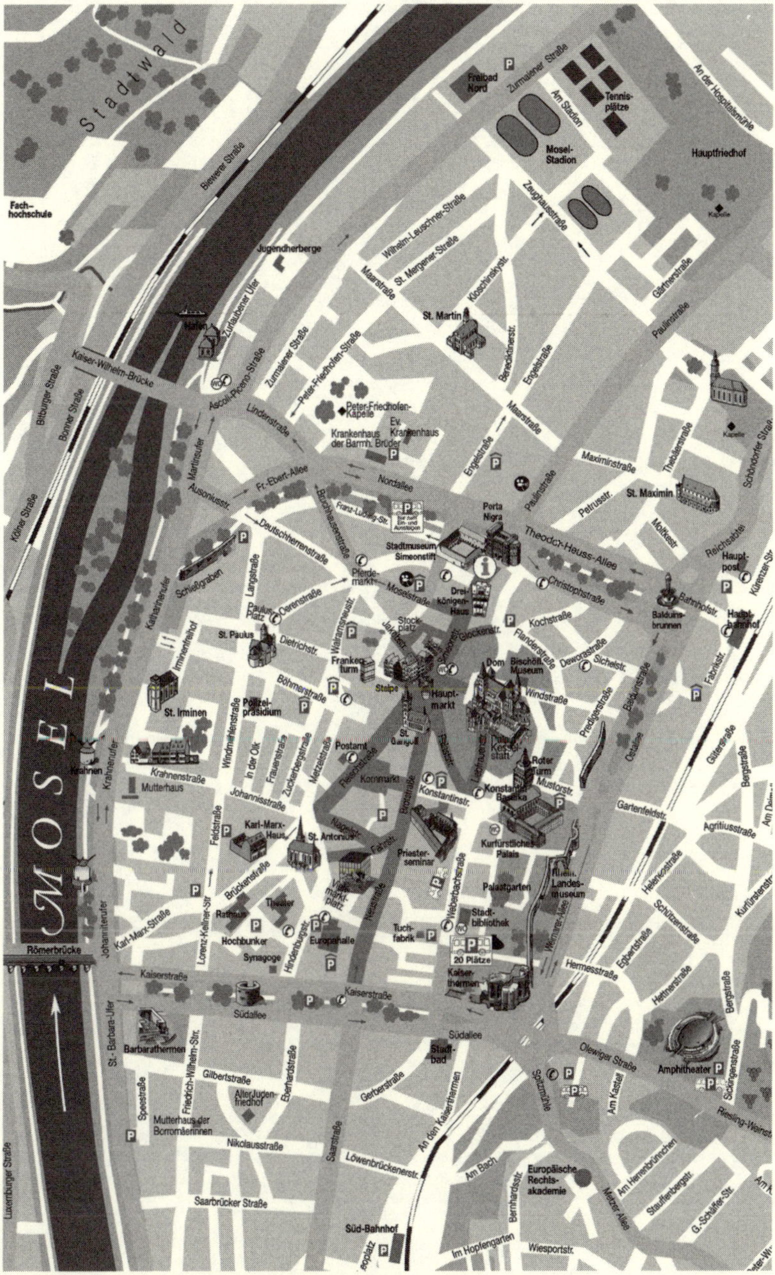
Stadtwald
Fachhochschule
Biewerer Straße
Jugendherberge
Hafen
Zurlaubener Ufer
Kaiser-Wilhelm-Brücke
Bitburger Straße
Bonner Straße
Kölner Straße
Ascoli-Piceno-Straße
Martinsufer
Ausoniusstr.
Lindenstraße
Zurmalener Straße
Peter-Friedhofen-Straße
Peter-Friedhofen-Kapelle
Krankenhaus der Barmh. Brüder
Ev. Krankenhaus
Freibad Nord
Zurmalener Straße
Tennisplätze
Am Stadion
Mosel-Stadion
An der Hospitalsmühle
Hauptfriedhof
Kapelle
Zeughausstraße
Wilhelm-Leuschner-Straße
St. Mergener-Straße
Maarstraße
Kloschinskystr.
St. Martin
Benediktinerstr.
Engelstraße
Gärtnerstraße
Paulinstraße
Maximinstraße
Thebäerstraße
Schöndorfer Straße
St. Maximin
Petrusstr.
Moltkestr.
Reichsabtei
Fr.-Ebert-Allee
Nordallee
Franz-Ludwig-Str.
Porta Nigra
Theodor-Heuss-Allee
Christophstraße
Bahnhofstr.
Balduinsbrunnen
Hauptpost
Hauptbahnhof
Kürenzer Str.
Deutschherrenstraße
Stadtmuseum Simeonstift
Pferdemarkt
Moselstraße
Dreikönigen-Haus
Schießgraben
Katharinenufer
Langstraße
Paulusplatz
Oerenstraße
St. Paulus
Dietrichstr.
Irminenfreihof
St. Irminen
Walramsneustr.
Jakobstr.
Stockplatz
Glockenstr.
Kochstraße
Flanderstraße
Deworastraße
Sichelstr.
Frankenturm
Steipe
Hauptmarkt
Dom
Bischöfl. Museum
Windstraße
Predigerstraße
Balduinstraße
Ostallee
Fabrikstr.
Böhmerstraße
Polizeipräsidium
St. Gangolf
Liebfrauen
Roter Turm
Mustorstr.
Konstantin Basilika
Krahnen
Krahnenufer
Krahnenstraße
Mutterhaus
Windmühlenstraße
In der Olk
Frauenstraße
Zuckerbergstraße
Metzelstraße
Postamt
Kornmarkt
Konstantinstr.
Johannisstraße
Gartenfeldstr.
Gilbertstraße
Bergstraße
Agritiusstraße
Karl-Marx-Haus
St. Antonius
Feldstraße
Nagelstr.
Fahrstr.
Priesterseminar
Kurfürstliches Palais
Palastgarten
Rhein. Landesmuseum
Weberbach
Stadtbibliothek
Brückenstraße
Rathaus
Theater
Viehmarktplatz
Neustraße
Tuchfabrik
Helenenstraße
Schützenstraße
Kurfürstenstr.
Karl-Marx-Straße
Lorenz-Kellner-Str.
Hochbunker
Synagoge
Hindenburgstr.
Europahalle
20 Plätze
Kaiserthermen
Weimarer-Allee
Hermesstraße
Egbertstraße
Hettnerstraße
Römerbrücke
Johanniterufer
Kaiserstraße
Südallee
St.-Barbara-Ufer
Barbarathermen
Friedrich-Wilhelm-Str.
Gilbertstraße
Speestraße
Alter Judenfriedhof
Eberhardstraße
Gerberstraße
Stadtbad
Olewiger Straße
Spitzmühle
Am Kastell
Amphitheater
Sickingenstraße
Riesling-Weinstr.
Mutterhaus der Borromäerinnen
Nikolausstraße
Löwenbrückenerstr.
Saarstraße
An den Kaiserthermen
Am Bach
Bernhardstr.
Europäische Rechtsakademie
Am Herrenbrünnchen
Stauffenbergstr.
G.-Schäfer-Str.
Metzer Allee
Luxemburger Straße
Saarbrücker Straße
Süd-Bahnhof
Im Hopfengarten
Wiesportstr.
MOSEL

Dienstagabend, 17. April

Ein warmer Südwind hatte das Thermometer am Nachmittag auf sommerliche Temperaturen klettern lassen. Gegen Abend stülpte sich eine Wolkendecke wie eine Glocke über das Moseltal und hielt die warme Luft in den Straßen der Trierer Innenstadt gefangen.

Zu beiden Seiten der riesigen Baugrube ragten die Fassaden der angrenzenden Gebäude auf. Bei einem fehlte der Giebel. Eine tiefe Wunde klaffte darin, als habe eine Explosion sie gerissen.

Der Mann saß auf einer unbequemen Holzbank, die Arme nach hinten abgestützt, den Kopf leicht in den Nacken gelegt, die Augen geschlossen, in seinen Ohren steckten weiße Stöpsel. Ein Taschenbuch lag neben ihm. Zum Lesen war das Licht, das die an einem dicken Draht über der Straße baumelnde Laterne abstrahlte, zu schwach.

Vorübergehende sollten denken, er genieße die wie ein vorsommerliches Geschenk anmutende warme Nacht mit ein wenig Musik. Das jedenfalls glaubte Rocky. In Wahrheit machten die meisten Leute einen Bogen um diesen drahtigen Mann mit der latent gefährlichen Ausstrahlung, dem etwas katzenhaft Sprungbereites anhaftete, obwohl er nicht mehr der Jüngste war.

Die Stöpsel in seinen Ohren waren stumm. Rocky stand, besser gesagt, er saß Schmiere. Einer seiner vielen kleinen Jobs. Nichts Besonderes. Von Schmiere stehen im klassischen Sinn konnte eigentlich auch keine Rede sein. Die meiste Zeit war er unterwegs, mit leicht wippendem Gang über das Pflaster der Innenstadt. Dabei blieb er immer in der Nähe des großen dunklen Geländes, das von einem überwiegend blickdichten hohen Bauzaun umgeben war und auf dem seine beiden Kumpels bereits seit einer Weile ihren heimlichen Aktivitäten nachgingen. Ein kleines krummes Ding. Ein paar Kabel lagen da rum. Die schleppten sie an eine Stelle, an die man mit dem Laster heranfahren konnte. Die Kabel waren schwer, deshalb mussten sie von Hand durchgesägt werden. Maschinen machten zuviel Lärm. Eigentlich war es noch zu früh für diesen Job. Es war noch nicht mal Mitternacht. Aber die beiden Typen da unten wollten es so, wahrscheinlich, weil sie schon genug Bier intus hatten und in ein paar Stunden zu besoffen gewesen wären.

Rocky peilte für ein paar Euro die Lage. Mehr nicht. Er trug immer noch das Shirt, mit dem er schon den ganzen Tag durch die Stadt gelaufen war und das, wie er glaubte, seinen durchtrainierten Oberkörper besonders gut zur Geltung brachte. Seine alten Tätowierungen auf den Oberarmen waren verblasst und grau geworden wie sein Haar. Für den an den Ärmeln über seiner Brust verknoteten dünnen Wollpullover war die Nacht noch zu mild.

Rocky fühlte einen leichten Druck auf seinen Körper, als habe man eine Decke auf ihn gelegt. Er kannte das Gefühl zu gut. Er beugte sich zur Seite, um seine Hosentasche auf der rechten Seite zu lockern, wo er den Blister mit dem aufputschenden Captagon herauszog und zwei

Tabletten durch die Folie drückte. Nachdem Rocky sich die Pillen weit hinten auf die Zunge gelegt hatte, schluckte er sie trocken hinunter.

Er brauchte dringend etwas zu trinken. Als er aufstand, spürte er an seinen Waden und Fußgelenken, dass er in den letzten Tagen viel zu Fuß unterwegs gewesen war. Sein Rücken schmerzte im Bereich der Lendenwirbel. Es wurde Zeit für ein Schläfchen.

Nach ein paar Metern hatte sich die Steifheit gelöst und er konnte in seinen gewohnten, leicht wippenden Gang verfallen.

Wo sich die Straße zum Kornmarkt hin öffnete, sah er hinter dem Brunnen auf den Tischen der Freiterrassen Kerzenlicht in Gläsern flackern. Es schienen immer noch fast alle Plätze besetzt zu sein.

Draußen gab es keine Theke. Sich allein an einen Tisch zu setzen, hatte er keine Lust und auch keine Zeit. Hier verkehrten vornehmlich Leute, mit denen er und die ihrerseits auch mit ihm keinen Umgang pflegten. Solche Menschen sprachen ihn höchstens dann an, wenn sie in einer Krise steckten und eine Waffe kaufen wollten oder jemanden benötigten, der irgendeinem Typen eine Abreibung verpassen oder, wenn es ganz heftig kam, jemanden umbringen sollte. Wie dieser Kerl, der die minderjährige Babysitterin geschwängert hatte. Rocky hatte dem verzweifelten Vater des Mädchens ein wenig helfen können, ganz nach seinem Leitspruch, ein wenig geht immer.

Er machte kehrt. Bis zum Hauptmarkt waren es nur ein paar Schritte. Und dort gab es angenehmere Kneipen, wo er um diese Zeit eine schnelle Cola kriegen konnte. Ein weißer Ford der Wach- und Schließgesellschaft fuhr langsam durch die Fußgängerzone. Die beiden dunkel gekleideten Männer im Fond nickten, als Rocky die Hand zum Gruß hob.

Entlang dem hohen Vorhang mit einer Zeichnung, wie das hier entstehende Einkaufszentrum einmal aussehen sollte, verlangsamte Rocky seine Schritte. Dahinter lag die Baugrube, die sich mehr als hundert Meter weit ausdehnte. Er blieb an einem der kopfgroßen Gucklöcher stehen. Ganz leise vernahm er das hohe Sirren einer Metallsäge, die sich durch ein Kupferkabel quälte. Sehen konnte er seine Kumpels nicht. In der Grube gab es kein Licht. Von den Geräuschen her mussten sie weiter hinten sein.

Während Rocky überlegte, ob er Bescheid sagen sollte, dass er mal für fünf Minuten weg wäre, wurde seine Aufmerksamkeit auf das beschädigte Gebäude am rechten Rand der Baustelle gelenkt. Die offene Fassade wirkte wie eine Puppenstube, wäre da nicht das Treppenhaus mit der hellen Edelstahltreppe gewesen, die an manchen Stellen aus ihrer Verankerung gerissen war. So etwas fiel jedem Schrotträuber gleich ins Auge. Diesmal erregte aber etwas anderes seine Aufmerksamkeit. War dort eine Katze unterwegs oder war es eine Ratte? Rocky entgingen keine Kleinigkeiten, was ihm manchmal lästig werden konnte. Er schirmte seine Augen mit den Händen gegen das Licht der Straße ab und beugte den Kopf näher an das Guckloch. Einen Moment glaubte er, eine Stimme zu hören. Er blickte sich um. Die Straße hinter ihm war menschenleer. Dann sah er Beine auf dem ersten Treppenabsatz. Dunkle Hose, schwarze Schuhe. Leises Klacken von Sohlen auf den Stufen. Langsam glitt eine Gestalt nach unten.

Rocky nahm den Kopf soweit zur Seite, dass er nur noch mit dem linken Auge beobachtete. Seine Hand tastete nach der Handytasche an seinem Gürtel. Ein krachendes Geräusch ließ ihn innehalten. Etwas löste sich von der Treppe und stürzte hinab, einem kurzen Schrei folgte ein dumpfer Aufprall.

Rocky zog seinen Mund schief und öffnete leicht die Lippen über dem fehlenden Zahn in seinem Unterkiefer, direkt neben dem Eckzahn. Er stieß einen kurzen Pfiff aus. Das geschah so spontan, dass ihm erst im nächsten Augenblick sein Handy einfiel, das schon seit Jahren in solchen Momenten zum Einsatz kam.

Er wippte auf die Zehenspitzen, schob seinen Kopf, soweit es ging, in das Guckloch. Im Dunkel der Baugrube konnte er nichts erkennen.

*

Walde versuchte zum wiederholten Mal, Doris zu Hause anzurufen. Mit dem ans Ohr gepressten Mobiltelefon stand er vom Tisch seiner Kollegen auf und entfernte sich ein paar Schritte von der belebten Laubenterrasse weg ins Dunkle. Als Doris sich endlich meldete, war er auf dem verlassenen Moseldamm vor dem dunklen Bogen des Uferweges unter der Kaiser-Wilhelm-Brücke angekommen.

»Hab ich dich geweckt?«, fragte Walde.

»Nein«, kam es knapp zurück.

»Wir sind noch hier unten in Zurlauben, ich wollte dir Bescheid sagen, dass es später wird.«

»Das habe ich schon bemerkt.« Er hörte im Hintergrund, wie *Seal ‚Bring It On'* sang.

»Was machst du?«, fragte er.

»Ich sitz im Garten und dachte, wir ..."

»Ja?«

»Egal. Bis später.«

»Hallo?«, versuchte es Walde. Sie hatte aufgelegt.

Sie hatte sich bestimmt auf den ersten warmen Abend des Jahres gefreut, den sie gemeinsam bei einem Glas Wein in dem kleinen Garten zwischen den hohen Mauern hätten genießen können. Und auch nach Annika hatte er nicht gefragt, was er sonst nie versäumte.

Die Lichter der nahen Brücke spiegelten sich in dem schnell fließenden Wasser des Flusses. Auf der gegenüberliegenden Insel war an den frisch ergrünten Hecken schemenhaft eine Spur aus graubrauner Kruste von hängengebliebenem Dreck zu erkennen. Bis zu dieser Höhe hatte das nun ablaufende Hochwasser gereicht. Walde sog die feuchte, nach faulendem Holz und Fisch riechende Luft ein.

Die Mosel führte noch soviel Wasser, dass der Landungssteg deutlich bis zu dem bedrohlich aussehenden

Schiff anstieg. Es lag dort, wo für gewöhnlich nur Passagierschiffe ankerten. Auf Deck schien gefeiert zu werden. Lachen aus Männerkehlen war zu vernehmen.

Eine entgegenkommende Gruppe Jugendlicher in Schulklassenstärke teilte sich vor Walde und schlenderte laut schwatzend und lachend an ihm vorbei.

Als er zum Tisch unter dem noch blattlosen Dach aus knorrigen Weinranken zurückkehrte, lag eine Decke auf seinem Stuhl. Eine Kellnerin werkelte unbeholfen an der Gasflasche eines Heizstrahlers herum.

»Ich mache das.« Grabbe schloss kaum weniger umständlich die Gaszufuhr an und zündete kurz darauf die Flamme unter der Reflektorhaube. Noch während er versuchte, eine für Monika und Gabi angenehme Temperatur einzustellen, servierte die Kellnerin eine weitere Runde Getränke. Walde nahm sein Weinglas und prostete den anderen zu. Gabi trank Cola, Grabbe und Monika waren auf Wasser umgestiegen.

»Du kommst ja zu Fuß nach Hause«, sagte Gabi, die offenbar seine Gedanken gelesen hatte.

Am Tisch kam kein neues Gespräch mehr auf. Lautes Lachen klang vom Fluss herüber. Sie blickten zu dem Schiff, auf dessen Deck sich immer noch ein paar Leute aufhielten. Entlang der Reling hing Kleidung. So weit es Walde erkennen konnte, handelte es sich hauptsächlich um Arbeitskleidung wie Latzhosen und Overalls.

Über dem dunklen Rumpf erhob sich auf Deck ein zur Länge des Schiffs verhältnismäßig kleines Führerhaus, das oben nur ein kleines Fenster in der Tür hatte.

»Was ist denn das für ein Kahn?«, fragte Monika.

»Darf der überhaupt hier vor Anker gehen? Sonst liegen hier doch nur Passagierschiffe.«

»Das Schiff hat mal zur Marine gehört«, bemerkte Grabbe, »aber es scheinen nur Zivilisten an Bord zu sein.« Eine Flasche flog über Bord und landete platschend im Wasser.

»Schweine!« Gabi schnippte ihre bis knapp an den Filter gerauchte Zigarette in Richtung Uferböschung. Sie landete Funken versprühend auf dem Teerweg neben der Terrasse.

»Das ist ein Minensuchboot, entweder aus Beständen der Bundeswehr oder der Nationalen Volksarmee«, sagte Grabbe.

»Schlafen die Kerle auf Deck?«

»Wo denkst du hin?«, lachte Grabbe. »Das Schiff ist größer, als du glaubst. Ich schätze mal, es ist gut und gerne fünfzig Meter lang. Da passen jede Menge Kajüten unter Deck.«

»Aber die haben überhaupt keine Fenster.«

»Luken.« Grabbe wies mit dem Arm in Richtung des Schiffes. »Das sind die kleinen runden Dinger da direkt über der Wasserlinie.«

»Seh ich nicht, oder meinst du die da?« Gabis Zeigefinger stieß ins Dunkle. »Die sind ja winzig.«

»Es sollte ja auch kein Vergnügungsdampfer werden und wurde so gebaut, dass es durchaus auch mal in ein Scharmützel geraten konnte.«

Wieder flog eine Flasche von Deck.

»Woher weißt du eigentlich so gut Bescheid, sonst hast du es doch gar nicht mit der Seefahrt?«

Grabbe grinste: »Da hab ich mich als Kind für interessiert. Ich kenne mich auch in der Raumfahrt aus. Dafür muss man auch nicht im Weltall gewesen sein.«

»Die nächste Runde geht auf mich«, Gabi winkte der Bedienung.

»Was gibt's zu feiern?«, fragte Grabbe.

»Ich weiß nicht, ob es ein Grund zu feiern ist, wieder ein Jahr älter geworden zu sein«, brummte Gabi.

*

Rockys Mobiltelefon vibrierte. Er zog den Kopf vom Guckloch im Bauzaun zurück.

»Ja?« Rocky sah zwei junge Frauen sich gemeinsam an ein Guckloch drängen.

»Wat iss?«, fragte eine Stimme aus dem Telefon.

»Rückzug!«

»Is klar, wat is denn?«

»Erzähl ich dir später, ich helf euch aufladen.« Rocky steckte das Telefon ein. Die beiden Frauen waren weitergegangen. Er lauschte noch einmal am Bauzaun, von der anderen Seite kam kein Laut. Dann machte er sich schnellen Schrittes zum anderen Ende des Baugeländes auf, was durch den Umweg an den angrenzenden Gebäuden entlang eine Strecke von mehreren hundert Metern bedeutete.

Der Pritschenwagen parkte bereits in der Baustellenzufahrt zwischen einem Container und einem Bagger. Rocky hörte erst ein Keuchen und etwas, das über den Boden schleifte, bevor er die dunklen Konturen der beiden Männer erkennen konnte, die sich langsam zwischen niedrigen Mauerresten auf ihn zubewegten.

»Wat war denn los?« Ein Mann, kaum größer als Rocky, ließ das hinter sich hergeschleifte Kabelbündel auf einen Stapel plumpsen. Ein zweiter tat es ihm nach und entfernte sich gleich wieder.

»Da ist einer vorne aus dem Abbruchhaus gefallen.«

»Scheiße.« Der Mann drehte sich eine Zigarette. »Von wo?«

»Von ganz oben, von der kaputten Alutreppe, oder aus was die is.«

»Edelstahl. Die hatt ich auch schon im Auge.« Der Mann führte das Papier zum Mund und leckte die Gummierung. Die Zigarette sah zwischen seinen breiten Fingern winzig aus. »Wat wollt der denn da?«

»Ihr habt nix mitgekriegt?«

»Nee, wir waren ja auch weit weg. Un wat is mit dem Kerl?«

»Keine Ahnung. Sollen wir mal gucken?«

»Nee, wir hauen ab.« Er schüttelte den Kopf. »Der ist sowieso hinüber.«

Rocky half, die schweren Kabelrollen, bei denen teilweise schon das Kupfer aus dem Plastikmantel geschält war, über die Bracken auf die Ladefläche zu wuchten. Die Baugrube selbst betrat er auch deshalb nicht, weil er sich seine Schuhe nicht ruinieren wollte. Er musste schon genug aufpassen, dass er sich mit dem rotbraunen Lehm, der an dem Kram klebte, nicht noch die Kleidung schmutzig machte.

Zu den vereinbarten zwanzig Euro gab es noch einen Fünfer extra. Rocky stand noch eine Weile mit den beiden Scheinen in der lehmverschmierten Hand im Dieselgestank, den der Laster der Kabelräuber hinterließ. Er dachte darüber nach, ob er selbst nachschauen sollte, was mit dem abgestürzten Typen los war. Dann entschied er sich, zur nächsten Telefonzelle zu gehen.

*

»Das sind aber keine Matrosen oder so«, stellte Gabi fest. Sie beobachteten immer noch das Treiben auf der *Neptun*. Die Männer waren umso lauter geworden, je mehr Flaschen in der Mosel gelandet waren.

»Nein, es sei denn, die Russen haben sich hierher verirrt«, sagte Monika. »Oder ist das Polnisch, was die da brüllen?«

»Keine Ahnung«, sagte Grabbe. »Jedenfalls hat das Schiff keine Kanone mehr. Zumindest gab es mal am Bug eine. Und es fährt unter deutscher Flagge.«

»Was machen die mit einem Minensuchboot auf der Mosel?«, sagte Gabi stirnrunzelnd.

»Frag sie doch!« Grabbe wies zum Boot.

»Ein andermal vielleicht.« Sie reckte sich und gähnte ausgiebig, ohne die Hand vor den Mund zu halten. Ein lautes Klingeln ließ sie abrupt den Mund zuklappen. Es war Grabbes Mobiltelefon.

Er hörte eine Weile zu und bedankte sich. Mit dem ausgeschalteten Gerät in der Hand blieb er nachdenklich sitzen und schaute dann nacheinander seine Kollegen an.

»Will niemand wissen, was los ist?«, fragte Grabbe. »Oder ahnt ihr es schon?«

»Wie bitte?«, fragte Monika.

»Wir gehen zusammen einen trinken, ich habe Rufbereitschaft, und schon wird eine Leiche in einer Baugrube gemeldet«, er blickte misstrauisch in die Runde. »Dämmert es bei einem von euch? Da kommen bei mir Erinnerungen an den Puppenmord hoch. Ihr seid doch nicht so phantasielos«, jetzt fixierte er nur noch Gabi, »das noch mal zu inszenieren?«

»Hey, hey«, stöhnte Gabi, »hab ich mich damals entschuldigt oder nicht?« Als Grabbe sie weiter anstarrte, fügte sie hinzu. »Okay, wir haben die Puppe von Beate Uhse in die Grube geworfen, aber ...«, sie schüttelte den Kopf, »soviel ich weiß, hat jetzt Walde die Puppe.«

Walde verschluckte sich an dem Wein, an dem er gerade nippte, und musste husten.

»Was ist denn jetzt?«, fragte Gabi.

»Jemand ist angeblich von einem Abbruchhaus in die Baustelle der *City-Passage* gestürzt«, sagte Grabbe.

»Was heißt angeblich?«

»Die Feuerwehr sucht nach dem Opfer und hat noch

nichts entdeckt, sagen die Kollegen. Ich weiß nicht, ob ich überhaupt hinfahren soll.« Grabbe steckte sein Telefon ein.

»Wir kommen mit.« Walde stand auf. Er schaute auf seine Uhr. Es war kurz vor eins. »Ich meine, falls ihr mitkommen wollt.«

Schaulustige Nachtschwärmer machten ihrem Wagen erst Platz, als Gabi energisch die Hupe auf Grabbes Lenkrad drückte.

Die Plane am Bauzaun war an einem Ende zurückgeschlagen. Ein mehrere Meter breites Element war aus dem Zaun entfernt worden. In der Lücke führten zwei Aluleitern nach unten.

Eine Polizistin grüßte mit der Hand an der Mütze. Grabbe sprach mit ihr. Gabi, Monika und Walde blieben hinter ihm stehen.

»Jemand soll von da oben runtergestürzt sein.« Die Kollegin deutete zu einem Haus auf der linken Seite, aus dem Stahlträger und eine helle Treppe wie Eingeweide hervorquollen. Dann zeigte sie zur Baugrube, wo die Lichtkegel starker Taschenlampen das Gelände abtasteten. Walde erinnerten sie an Bilder von Flaggscheinwerfern, die den Nachthimmel nach feindlichen Bombern absuchten.

Die Leiter war höher, als er angenommen hatte, und bog sich ein wenig durch, als er etwa in der Mitte angekommen war. Unten war die Erde weich, und Walde sank tief ein, was seinen wildledernen Halbschuhen nicht eben gut tat. Die zwei trockenen Tage schienen dem Matsch in der Baugrube nicht die Laune verdorben zu haben.

Gabi folgte Walde die Leiter hinunter. Zuerst konnte er lediglich die hohen Absätze und die Bänder oberhalb ihrer Knöchel erkennen.

»Reich mir mal bitte deine Hand!«, bat sie.

Walde fand auf einer kleinen Plattform oberhalb eines niedrigen Mauerstumpfs Halt und half Gabi zu sich hinauf.

»Schöne Scheiße!« Geräuschvoll öffnete sie den Reißverschluss ihrer Tasche. Es klirrte eine Weile, dann kam eine schwere Stablampe zum Vorschein. Gabi balancierte auf ihren Absätzen über den bröckligen Grund zu der Ecke der Baugrube, wo sich die Feuerwehrleute und Sanitäter aufhielten.

»Was gefunden?«, fragte Gabi, als sie die Männer erreichte.

»Nur das da«, einer der Feuerwehrleute richtete den Lichtstrahl seiner Taschenlampe auf einen niedrigen Mauerrest. »Das Blut war noch nicht geronnen, als wir ankamen.«

Gabi beugte sich über die dunkle Stelle auf den brüchigen Sandsteinen.

»Scheint eine beträchtliche Menge Blut zu sein.« Es hatte sich über den Stein verteilt und war in die Ritzen dazwischen gelaufen.

Gabi kam wieder hoch und leuchtete nach oben. Über ihnen hingen bedrohlich die Trümmer des aufgerissenen Hauses, als könnten sie jederzeit auf sie herabstürzen.

»Wer hat angerufen?«, fragte Walde.

»Der Anruf war, glaube ich, anonym«, antwortete der Mann mit dem weißen Helm und der roten Jacke mit grauen und weißen Querstreifen.

»Ist der Notarzt noch da?«

»Nein.«

Auf dem Weg zurück zur Leiter raunte Walde seiner Kollegin zu: »Das schauen wir uns morgen noch mal an. Ich kann mir kaum vorstellen, dass sich jemand nach einem derartigen Blutverlust aus eigener Kraft von hier wegbewegen konnte.«

»Und das Band mit dem Anruf besorgen wir uns auch«, sagte Gabi und wies auf die Leiter. »Nach dir, sonst guckst du mir womöglich noch unter den Rock.«

Mittwoch

Als er aufwachte, wusste Walde nicht, wie lange er den dumpfen Klingelton des Telefons in seinen Traum hatte integrieren können. Er war wieder ein junger Messdiener gewesen und hatte von Hand die Turmglocken geläutet und sich vom knotigen Seil in die Höhe schwingen lassen. Seltsam war die Feuerwehruniform, die er im Traum getragen hatte.

Doris schlief neben ihm auf dem Rücken. Er spürte seine Tochter Annika, die sich dicht an seinen Rücken kuschelte. Wie so oft, war sie tief in der Nacht mit dem Kuschelfell im Schlepptau ins Elternbett geschlüpft und hatte es sich dort ganz leise gemütlich gemacht. Behutsam kletterte er übers Fußende aus dem Bett. Das Telefon läutete weiter. Hinter dem Fenster war der Garten noch dunkel. An der leichten Übelkeit spürte Walde, dass er erst wenige Stunden geschlafen hatte.

In der Diele nahm er sein Mobiltelefon aus der Jacke und schlich damit in die Küche.

»Bock.« Walde fand auf dem Küchentisch ein unberührtes Gedeck mit Weinglas.

»Sorry, wir haben einen Toten auf der Römerbrücke.« Grabbe klang zaghaft. »Möchtest du kommen?«

»Todesursache?«

»Wahrscheinlich abgestürzt.«

»Wie kann man auf die Römerbrücke abstürzen?« Walde betrachtete die ungespülten Töpfe auf dem Herd.

Die Uhr am Backofen zeigte fünf Uhr vierzig.

»Der Tote liegt auf einem Brückenpfeiler.«

»Bin gleich da.« Der große Kopf von Quintus tauchte vor dem Fenster auf. Der Malamute hatte seine Pfoten auf die Fensterbank gestellt.

Walde bog von der nebligen Uferstraße auf die Römerbrücke ab. Auf den beiden Spuren vor der stadteinwärts führenden Ampel am Brückenkopf warteten zu dieser frühen Zeit nur wenige Wagen.

Knapp fünfzig Meter dahinter war die linke Spur zugeparkt. Die Wagen auf der leicht ansteigenden Straße erinnerten ihn an das Szenario vor wenigen Stunden an der Baustelle. Wieder Polizei-, Kranken- und Feuerwehrwagen mit blinkendem Blaulicht und zahlreiche Schaulustige. Er parkte auf dem Bordstein dahinter. Ein Polizist leitete den Verkehr auf die Gegenfahrbahn. Die Lichter spiegelten sich im dunkel glänzenden Asphalt.

Grabbe trat in der Mitte des kleinen Abschnitts auf dem Bürgersteig, der von Polizisten freigehalten wurde, von einem Fuß auf den anderen.

Walde schaute sich um, während er auf seinen Kollegen zuging.

»Morgen, wo ist es?«

»Da unten.« Grabbe deutete in Richtung des Brückengeländers.

Walde blickte durch Nebelschwaden auf die dunkle Oberfläche der Mosel, die wie ein verkrumpeltes Betttuch nach einer unruhigen Nacht aussah.

Die Tür eines neben ihnen stehenden Feuerwehrwagens ging auf. Ein Mann mit Auffanggurten für eine Seilsicherung über einer roten Jacke stieg aus.

»Sie schon wieder! Beim dritten Mal geben Sie einen aus«, sagte er, als er auf Walde zuging. »Aber, keine Bange, mein Dienst ist in einer Viertelstunde vorbei.«

»Mein Dienst beginnt erst in zwei Stunden«, murmelte Walde.

»Sie müssen näher ran.« Der Mann beugte sich über das Geländer; dabei stieß der Helm in seiner Hand scheppernd gegen das Metallgestänge.

Walde tat es ihm nach und sah auf einen spitz zulaufenden Brückenpfeiler, auf dessen schmale Plattform eine Leiter führte. Daneben lag eine dunkelgraue Decke. An der Wölbung war zu erkennen, dass sie einen Menschen bedeckte.

»Da war nichts mehr zu machen, der war schon kalt, als wir ihn gefunden haben«, kommentierte der Feuerwehrmann.

»Um wen handelt es sich?« Walde schaute Grabbe an.

»Um einen Mann, Verletzungen am Kopf. Dr. Hoffmann ist schon unterwegs.«

»Hat jemand den Sturz beobachtet?«

»Nein, eine Krankenschwester, die zum Frühdienst in die Schwesterklinik unterwegs war, hat uns alarmiert.«

»Identität?«

»Der Krankenschwester?«

»Nein«, Walde deutete mit dem Zeigefinger nach unten. »Von dem da.«

»Also«, Grabbe atmete hörbar ein. »Das habe ich noch

nicht überprüft.«

Walde schaute zu dem Frachter, der sich mit hoher Geschwindigkeit auf dem schnell fließenden Wasser näherte. Für einen Moment fragte er sich, ob das vom Hochwasser beschleunigte Schiff zwischen den Brückenpfeilern hindurch manövriert werden konnte.

»Ich kann da unmöglich runtersteigen.« Grabbe schaute so zögerlich über das Geländer, als folge dahinter die Eiger Nordwand.

»Sie können von uns eine Seilsicherung haben«, bot der Feuerwehrmann an.

Das Schiff sauste unter der Brücke hindurch. Walde sah schwarze Hügel im Laderaum, auf die das Steuerhaus und das Heck folgten, auf dem zwei Pkw parkten. Er streifte das Geschirr über, das ihm der Feuerwehrmann reichte und ließ sich das Seil einhaken, zog dünne Handschuhe an und stieg über das Geländer. Für einen Moment geriet er in einen Zustand der Schwebe zwischen festem Halt für die Füße und dem unsicheren Griff auf dem kalten, glatten Handlauf. Walde fasste an das Seil. Es war straff. Mit einer Seilsicherung wäre der arme Kerl da unten garantiert noch am Leben.

Beim Hinabsehen schien es ihm, als sei die Plattform zu klein, um ihn überhaupt aufnehmen zu können. Die Leiter gab im Vergleich zu der, die er ein paar Stunden vorher zur Baugrube hinuntergestiegen war, kaum nach, obwohl sie noch ein Stück länger wirkte. Er hatte das Gefühl, sich aus dem Alltag hinauszubewegen. Nur ein paar Meter entfernt von dem festen Boden begann eine andere Welt. Hier unten spürte er den Tod. Seinen eigenen, falls er selbst einen Fehler machte und der da oben am Seil nicht aufpasste, und den real anwesenden Exitus in der Person unter der Decke.

Für einen Moment dachte er an zu Hause, wo Doris und Annika sicher noch schliefen, Quintus hungrig im Garten ausharrte, die Töpfe ungespült auf dem Herd standen. Die Katze Minka hatte sich wahrscheinlich noch in ihrem Lieblingskorbstuhl verkrochen. Auf der Mitte der Leiter blickte Walde in ein dunkles Gesicht. Es dauerte eine Schrecksekunde, bis er realisierte, dass es sich um eine steinerne Maske an der Brückenmauer handelte.

Unten angekommen, ging er in die Hocke. Die Steinplatten waren von der Mitte des Pfeilers nach außen hin abgeschrägt. Walde probierte aus, ob seine Schuhe genügend Halt auf der nebelnassen Oberfläche fanden. Er brauchte eine Weile, bis er seine sich an die Leiter klammernde Hand lösen konnte, während er mit der anderen versuchte, die Decke so zu lüften, dass er den darunter liegenden Körper betrachten konnte, ohne den oben über das Geländer gereckten Köpfen Einblick zu gewähren. Waldes Armspanne reichte nicht aus, um an den Kopf der Leiche heranzukommen, die auf der schmal zulaufenden Spitze des Pfeilers lag.

Er blickte nach unten, wo zehn Meter tiefer ein quer treibender Baumstamm an den dicken Steinquadern vorbeischrammte.

Notgedrungen löste er die Sicherungshand von der Leiter. Kniend rutschte er auf den schmalen Grat zwischen dem Körper und dem Rand des Brückenpfeilers.

Endlich konnte er einen Blick auf das Gesicht des Toten werfen. Ein filigran ausrasierter Dreitagebart bedeckte das breite Kinn und einen schmalen Streifen über dem Mund. Die Augen waren geschlossen. Der dunkle Ansatz des kurzen Haares bildete über der Stirn ein Dreieck. Walde schob eine Hand in den Nacken des Toten. Die Haut war kalt. Er hob den Kopf leicht an. Darunter glaubte er in dem Streulicht aus Brückenlaternen und Morgengrauen eine kleine Blutlache auf dem Steinquader zu erkennen.

Das Tuckern eines Bootes kam näher. Walde sah das Boot der Wasserschutzpolizei langsamer werdend auf die Römerbrücke zufahren. Stadler stand am Bug und lüftete seine Uniformmütze. Walde hob grüßend die Hand und wendete sich wieder dem Opfer zu. In der Innentasche der Jacke des Toten ertastete er etwas flaches Rundes, das sich als Taschenuhr an einer Kette herausstellte, außerdem fand er einen Schlüsselbund und Kleingeld. Nirgendwo waren Ausweispapiere.

Von oben hörte Walde Trittgeräusche. Dr. Hoffmann kam, immer beide Füße auf jeder Sprosse absetzend, die Leiter herunter. Er hielt sich nur mit einer Hand fest, in der anderen trug er eine dickbauchige Tasche. Über ihm schalteten sich gleichzeitig alle Laternen aus. Nur das Blaulicht blinkte noch.

»Morgen!« Die Stimme des Gerichtsmediziners klang gut gelaunt. »Interessanter Fundort.« Er schaute sich um und stellte die Tasche oberhalb der Leiter auf einem zwischen den Steinplatten wuchernden Büschel Unkraut ab, das notdürftigen Halt versprach.

Walde nickte. »Morgen, Herr Doktor.«

»Bitte etwas mehr Seil!«, rief Dr. Hoffmann nach oben, wo der Feuerwehrmann das Seil sicherte.

Als der Mediziner die Decke von der Leiche anhob, fuhr ein Windstoß darunter. Walde traute sich nicht, danach zu greifen, weil er fürchtete, den Halt zu verlieren, obwohl er spürte, dass sein Sicherungsseil straff gespannt war.

Hoffmann knüllte die Decke zusammen und stopfte sie unter die Leiter, ohne den Blick von der Person zu lassen, die Walde von der Kleidung her an Menschen auf einer Abendgesellschaft in den zwanziger Jahren des letzten Jahrhunderts denken ließ. Um die Taille trug der Tote eine enge dunkle Schärpe.

»Mopedfahrer oder Dirigent, nehme ich mal an.« Der Arzt rieb den seidenähnlichen Stoff zwischen Mittelfinger und Daumen. »Moped möchte ich mal ausschließen.«

Er beugte sich vor und tastete den Oberkörper des Mannes ab.

Das Brummen eines schweren Dieselmotors lenkte sie ab. Ein riesiger Schubverband näherte sich. Stumm beobachteten die beiden Männer, wie er auf ihren Pfeiler zuschoss und sich dann unter dem Bogen flussabwärts bewegte.

»Ich wundere mich, dass die Brücke zweitausend Jahre überstehen konnte«, sagte Walde.

»Achtzehnhundert Jahre«, korrigierte der Gerichtsmediziner. »Und sie ist obendrein als einzige Moselbrücke vor dem Einmarsch der Amerikaner nicht gesprengt worden.«

Von oben ertönte ein Pfiff. Sattlers Kopf erschien über dem Geländer: »Können wir runterkommen?«

»Wo, bitte schön, wollt ihr denn hier noch hin?«, rief der Arzt und wies mit einer Armbewegung auf das Plateau, das neben dem Opfer kaum Platz für Walde und ihn selbst bot.

Hoffmann fuhr mit der Untersuchung fort.

Walde duckte sich instinktiv, als eine große Möwe über ihn hinwegflog und nebenan auf dem Pfeiler landete, von wo aus sie die beiden beobachtete.

»Fürs Erste sieht es nach nichts anderem als Sturzverletzungen aus«, sagte der Gerichtsmediziner. »Weiteres wird die Obduktion ergeben.«

»Springt hier ein Selbstmörder?«, fragte Walde.

»Ich bin bisher immer davon ausgegangen, dass diese Leute flussabwärts runterspringen und vielleicht auch noch vorher runtergucken, ob da auch wirklich Wasser ist.«

»Und dann bleibt er auch noch ausgerechnet auf dem Pfeiler liegen?«

»Bei einem Sprung in gerader Körperhaltung wäre er sicher vom Pfeiler in die Mosel gefallen.«

»Er muss also eine Art Startsprung hingelegt haben.«

»Anders kann ich mir die Position nicht erklären«, sagte Hoffmann. »Wobei ich den Startsprung, um ihren Begriff aufzunehmen, so konkretisieren möchte, dass die Person zum Rückenschwimmen ansetzen wollte. Schließlich ist er auf dem Rücken gelandet.«

»Er könnte sich auch in der Luft gedreht haben.«

»Möglich.« Der Gerichtsmediziner wischte sich den

Schmutz vom Knie, packte seine unbenutzte Tasche und tastete sich vorsichtig zur Leiter.

Oben auf der Brücke angelangt, fühlte sich Walde, als habe er nach einer Bootsfahrt auf stürmischer See wieder festen Boden unter den Füßen. Seine Anspannung ließ nach, während er Grabbe kurz über das ins Bild setzte, was er unten gesehen hatte.

»Ich fahre dann mal nach Hause zum Duschen«, verabschiedete sich Walde von seinem Kollegen, während Sattler sich mit seinem Team von der Kriminaltechnik, das bereits das Brückengeländer untersucht hatte, auf den Weg nach unten machte. »Die KT soll auch Fotos von der Kleidung des Mannes machen.«

Im Bad rauschte Wasser. Walde legte die Brötchentüte auf den Küchentisch. Mit dem Futter in der Hand ging er auf die Terrasse, wohin ihm die Katze aus dem Wohnzimmer folgte.

An der Außentür begrüßte ihn Quintus so überschwänglich wie gewohnt. Mit viel Mühe konnte Walde den mit Gartenerde verschmierten Pfoten ausweichen. Minka akzeptierte, dass der Hund zuerst seine Portion bekam, bevor Walde das Nassfutter in ihren weit kleineren Napf füllte und ihr bei den ersten Bissen das Fell im Nacken streichelte.

Walde hatte bereits die Küche aufgeräumt und ein Hörnchen für Annika mit Butter bestrichen, als sich Doris angekleidet an den Frühstückstisch setzte.

Die kusslose Begrüßung zeigte ihm ihre Verärgerung über den vergangenen Abend.

»Chic!«, kommentierte er ihre Kleidung.

Ohne darauf einzugehen, nahm sie sich ein Brötchen aus dem Korb.

»Hast du was vor?«, versuchte er es nochmal.

»Ich hab in einer Stunde ein Bewerbungsgespräch.«

»Wo?«

»Ich glaub es nicht! Hast du das wirklich vergessen?«

Annika tappte in die Küche und kletterte stumm auf ihren Hochstuhl.

»Morgen, mein Schatz, hast du gut geschlafen?« Walde nahm ihr den Schnuller aus dem Mund, küsste sie und stellte ihr den Teller mit dem Hörnchen hin.

»Kakao!«, rief sie.

»Wie heißt das Zauberwort?«

»Aber flott!«

Doris wärmte die Milch auf dem Herd.

»Du erinnerst dich vielleicht noch, was du für gestern Abend versprochen hattest?«

»Ich bring Annika immer ins Bett, wenn's geht. Und gestern sind wir spontan nach der Arbeit was essen gegangen.«

»Ich hatte auch gekocht!«

»Sorry, das konnte ich nicht ahnen.«

»Und ich habe gedacht, du hältst Wort.«

»Es kam leider etwas dazwischen.«

»Oh, ein Mord auf einer Moselterrasse in Zurlauben?«, fragte sie gespielt neugierig.

»Nein, das war erst später, gegen Mitternacht.«

»Und heute Morgen, da hast du nicht mal den Hund gefüttert, und die dreckigen Schuhe in der Diele ...«

»Hab ich vergessen. Die bringe ich gleich raus. Grabbe rief schon vor sechs an.«

»Noch ein Toter?«

»Ja, wobei wir heute Nacht gar keinen gefunden haben.« Walde kam ein Gedanke.

»Das verstehe ich jetzt nicht«, sagte sie.

»Aber mir kommt da ein Gedanke!« Er ging in die Diele und rief im Präsidium an. Gabi war bereits in ihrem Büro. Sie verabredeten sich an der Baustelle.

Die Großbaustelle befand sich kaum zweihundert Meter vom Präsidium entfernt, wo Walde versuchte, im Hof einen Parkplatz zu finden. Er scherte gleich in eine frei werdende Lücke ein und beobachtete aus den Augenwinkeln, wie sein Kollege Meyer ihm von der Beifahrerseite des abfahrenden Wagens zuwinkte. Nach dem Aussteigen verwarf Walde den Gedanken, noch kurz in seinem Büro vorbeizuschauen. Er zog die Jackenaufschläge übereinander, als ihm auf dem Bürgersteig ein kühler Windstoß entgegenwehte.

Ein Sattelschlepper versperrte das Ende der Straße. Dahinter stauten sich in einer langen Reihe große Kipper.

Von der riesigen Baugrube her drang geschäftiger Maschinenlärm. Die Ausleger von Baggern kreisten, Raupen verschoben Erdmassen.

Noch während Walde darüber nachdachte, wie er durch dieses Gewirr auf die andere Seite der Baustelle gelangen könnte, verstummten nach und nach alle Motoren, bis nur noch das Rumpeln eines Kettenfahrzeugs zu hören war, das vom Sattelschlepper auf die Straße rollte.

Schon nach den ersten Schritten bereute es Walde, dass er keine Stiefel trug. Bauarbeiter mit gelben Helmen kamen ihm entgegen. Seine Schuhe wurden immer schwerer. Eine Weile konnte er der festen Spur eines Raupenfahrzeugs folgen. Dann wurde der Boden wieder weicher. Hier war die Grube tiefer ausgeschachtet als dort, wo er letzte Nacht gewesen war. Es gab auch keine Reste von Grundmauern mehr.

Ein plötzlicher Lärm, wie eine Maschinengewehrsalve, erschreckte ihn. Während er zu dem hohen Gerät blickte, das am Rand der Baustelle eine Bohrstange in den Grund trieb, stolperte er über einen Lehmklumpen. Den Sturz konnte er mit einem großen Ausfallschritt abfangen. Diesen setzte er mitten in eine Pfütze, was einen Schwall von braungelben Sprenkeln auf seinen Hosenbeinen hinterließ.

Dem Mann, der ihm entgegenstiefelte, wehte Zigarettenrauch voraus.

»Morgen, Walde.« Ein Grinsen zauberte auf Meyers Gesicht neben den großen weitere kleine Falten. »Falls du sie suchst, Gabi ist da hinten.«

»Und was machst du hier?«

»Heute Nacht sollen hier ein paar Hundert Kilo Kupferkabel abhanden gekommen sein. Ich hab mal die Arbeiten stoppen lassen ...« Ein erneutes Gehämmer unterbrach ihn. »... damit die KT überhaupt noch eine Chance hat, Spuren zu sichern.«

»Warum hast du nichts gesagt?«, fragte Walde.

»Was gesagt?«

»Eben im Hof, dass ihr hierher unterwegs seid.«

»Ich verstehe nicht, was das hier mit deiner Abteilung zu tun hat!« Meyers heruntergebrannte Kippe landete zischend in einer Pfütze.

»Nee, stimmt, das konntest du nicht wissen, wir waren heute Nacht schon mal hier. Von da oben«, Walde zeigte zu dem Haus mit der fehlenden Fassade, »soll jemand hier heruntergestürzt sein.«

»Und?«

»Wir haben nur Blut gefunden. Die Technik soll sich die Geschichte mal näher ansehen.«

»Auf die warten wir auch. Ich hab ein paar Schleifspuren entdeckt. Die haben das Zeug wohl da hinten aufgeladen.« Meyer deutete mit dem Kopf zu der Stelle, wo der Sattelschlepper mühsam gewendet wurde.

»Vielleicht hat auch unser Mann diesen Weg genommen«, sagte die näherkommende Kollegin. Gabi trug gelbe Gummistiefel, die oben zugeschnürt waren. Walde war für einen Moment versucht nachzusehen, ob das Modell hohe Absätze hatte. Seit er Gabi kannte, hatte er sie noch nie in flachen Schuhen gesehen.

»Ist noch was da?«, fragte Walde.

»Falls du Blut meinst«, sie nickte. »Aber wir hätten schon viel früher die Spuren sichern sollen.«

»Die Leiche an der Römerbrücke ist uns dazwischen gekommen.«

»Zwei Sturzopfer in einer Nacht«, Gabi wendete sich Meyer zu. »Übrigens hab ich da oben ein Fahrrad gesehen, Damenrad, lila. Das war heute Nacht noch nicht da.«

»Bleib besser unten«, rief Walde Gabi zu, die sich anschickte, hinter ihm die Treppe hochzusteigen. »Es reicht, wenn ich runterfalle.«

An der Kante der untersten Stufe versuchte er, den gröbsten Dreck von seinen Schuhen abzustreifen. Als er anschließend fest aufstampfte, gab die Treppe einen scheppernden Laut von aneinanderschlagendem Metall von sich. Er setzte prüfend den Fuß auf jede der Stufen, bevor er sein Gewicht darauf verlagerte. Als Walde den Treppenabsatz erreichte, schaute er sich um. Im Treppenhaus fehlten neben der Außenwand auch die Zwischendecken. Die Treppe schlängelte sich, nur von rostigen Stahlträgern gehalten, schwindelerregend nach oben. In der Baugrube hielt sich Sattler mit einem Kollegen an der Stelle auf, wo sie in der Nacht das Blut entdeckt hatten. Von da unten hatte es längst nicht so hoch gewirkt wie von hier oben. Und es ging noch weitere Stockwerke auf der geländerlosen Metallkonstruktion nach oben. Am milchigen Himmel wurde eine schwache Sonne sichtbar.

Beim Hochsteigen blickte Walde in leere Flure, wo auf staubigen Wänden noch Poster hingen. Sie zeigten allesamt lächelnde Menschen. Frauen beim Nordic Walking, Familien auf Fahrrädern, Senioren beim Tanzen.

Auf dem Dach stand ein mit Schiefer verkleideter Flachbau mit Panoramafenstern. Es handelte sich um ein Penthouse, umgeben von einem mit Kunstrasen ausgelegten Dachbalkon mit einer grandiosen Aussicht auf die Stadt. Rundum verlief ein breiter Streifen Nusspflaster. Walde ging am Eingang vorbei an einem stabil wirkenden Geländer entlang. Er blickte über die Dächer der Häuser auf Liebfrauen, den Dom und St. Gangolf. Links erkannte er das steile Dach der Steipe, dem mittelalterlichen Haus am Hauptmarkt.

Als er wieder die Eingangstür erreichte, stellte er fest, dass sie nur angelehnt war. Während er lauschte, überlegte er, ob es in diesem Augenblick sinnvoll wäre, eine Waffe dabeizuhaben. Da waren schnelle Schritte zu hören.

Gabi kam keuchend die Treppe hoch. »Ein Anruf für dich.« Sie übergab ihm ihr Mobiltelefon. »Der Polier oder so.«

»Wie lange wollen Sie uns noch von der Arbeit abhalten?«

»Wer ist denn da?« Walde klopfte seine Taschen ab, ohne sein Telefon ertasten zu können.

»Luc Blanck, Capo der Firma TiBa-Lux.«

»Wie bitte?«

»Ich koordiniere hier die Arbeiten.«

»Die Baustelle bleibt so lange gesperrt, bis die Spurensicherung fertig ist.«

»Und wann etwa ist das der Fall?«

»Das kann ich Ihnen nicht sagen, Herr Blanck.«

»Ich muss es aber wissen. Wir haben Termine einzuhalten.« Die Stimme des Mannes wurde eindringlicher. »Jede Stunde zählt. Wir sind in der freien Wirtschaft und nicht im öffentlichen Dienst.«

Walde beschloss, die letzte Bemerkung zu überhören.

»Sind Sie noch dran?«

»Ja?« Walde beobachtete, wie Gabi durch die Eingangstür des Penthouse ging.

»Kann ich Ihren Namen erfahren?«

»Waldemar Bock, Kriminalhauptkommissar.« Er legte auf und folgte seiner Kollegin in einen leeren Flur. Auf dem schwarz-weißen Fliesenmuster zeichneten sich schmutzige Fährten ab, die von unzähligen Fußabdrücken zu stammen schienen.

Mehrere Räume zweigten ab. Nur bei einem fehlte die Tür. Als Walde näher herantrat, blickte er in einen bodenlosen schwarzen Schacht im Boden.

Aus der linken Tür kam Gabi in die Diele zurück. »Der Fahrstuhl gehörte wahrscheinlich exklusiv zu der Wohnung hier oben.«

»Zum Penthouse«, korrigierte Walde, während er einen Blick in den kahlen Raum warf, aus dem Gabi gekommen war. Auf den hellen Stellen an der Tapete hatten wohl einmal Bilder gehangen.

»Was haben wir denn hier?«, hörte er Gabi rufen.

Er folgte ihr am Fahrstuhlschacht vorbei in einen Raum, der auf den ersten Blick aussah, als habe hier ein heftiges Gelage stattgefunden. Über das Parkett verteilt lagen Getränkedosen, Zigarettenkippen, zerknülltes Papier und leere Snackpackungen.

»Was war denn hier los?«, fragte Walde. Er blickte auf einen dunklen Schrank, der fast eine komplette Wand des Zimmers einnahm. Davor stand eine massige Couch mit hohem Rückenteil.

»Ich denke mal, eine Party.« Gabi brachte mit der Spitze ihres mit Lehm verdreckten Stiefels eine der

Dose ins Rollen. »*Red Bull*, kein Getränk für Stadtstreicher.«

Walde fuhr mit einer Hand über den Bezug des Sofas. »Das war mal ein teures Stück.« Er betrachtete die Brandflecken auf der Sitzfläche. »Und der Schrank stammt aus Belgien. Meine Eltern hatten ein ähnliches Teil.«

»Hat wohl nicht in den Aufzug gepasst.« Gabi öffnete eine Schranktür. »Was ist denn das?«

Walde sah auf ein Durcheinander aus Aktendeckeln und Papieren. Gabi zog eine Schublade im unteren Bereich auf. Wieder Akten. Sie nahm eine davon in die Hand. Zwischen zwei blassgrünen Deckeln, auf denen immer wieder die Inhaltszeile durchgestrichen und darunter durch eine neue ersetzt worden war, fischte sie mehrere mit einer Büroklammer gehaltene Seiten heraus.

»Irgendwelcher Anwaltskram«, sagte Gabi. Sie blätterte weiter. »Es geht um eine Immobilie.«

Walde trat neben sie und las die Adresse. »Das ist doch hier!« Lose Riemchen des Parketts klackten unter seinen Schuhen.

»Die nehmen wir mit!« Gabi legte die Akte auf das Sofa.

»Ich denke, einen Durchsuchungsbeschluss müssten wir schon haben.«

»Das ist doch ein Abrisshaus!«

»Aber dennoch kein rechtsfreier Raum.« Walde nahm die Akte vom Sofa und legte sie in die Schublade zurück. »Ich wüsste nicht, was ich der Staatsanwaltschaft als Begründung für eine Hausdurchsuchung vorlegen sollte.«

»Das Opfer von der Treppe war ganz sicher hier oben.«

»Dann sollten wir aber auch ein Opfer haben.«

Beim Hinausgehen langte Gabi an den Lichtschalter. Das leise Knattern der Starter von Neonlampen wurde von aufflackerndem Licht begleitet, das sie schließlich als indirekte Beleuchtung hinter der Gardinenleiste orten konnten.

»Was ist eigentlich hier los?« Gabis Frage war mehr ein Selbstgespräch. »Unten ist das halbe Haus abgerissen, und hier oben stehen noch Möbel, und es werden Partys gefeiert.«

Auf dem Weg zur Treppe kamen sie an einem dürren Tannenbäumchen vorbei. Gabi bückte sich und hielt einen Fetzen buntes Papier in der Hand. »Weihnachtspapier«, stellte sie fest. »Es scheint noch nicht allzu lange her zu sein, dass hier jemand gewohnt hat.«

»Das werden wir herausfinden. Ich rufe mal ...«, Walde erinnerte sich, dass er kein Mobiltelefon dabei hatte, »Grabbe oder Monika sollen das überprüfen.«

Die Sonne hatte sich durchgesetzt, nur noch vereinzelte Kondensstreifen trübten das Blau des Himmels.

Walde hatte beim Hinuntersteigen bereits den ersten Treppenabsatz erreicht. In dem Augenblick, als er überlegte, ob er die nächste Stufe vorsichtshalber wieder prüfen sollte, bevor er sie voll belastete, kippte die Stufe unter seinen Füßen plötzlich weg. Instinktiv breitete er seine Arme aus. Die Hände griffen ins Leere. Die Tiefe entwickelte Sogkraft. Er wollte sich aufrichten. Seine Hüfte knickte ein. Er verlor das Gleichgewicht, kippte gleichzeitig nach vorn und nach rechts in Richtung Baugrube. Den Schmerz an seinem Hals nahm er zuerst nicht wahr. Etwas riss ihn zurück. Dann spürte er die Hand an seinem Kragen, hörte etwas hell auf die Treppenstufen aufspringen. Gabi stützte ihn ab, als er sich nach hinten auf eine Stufe setzte.

»Kannst du Knöpfe annähen?«

»Warum?« Walde verstand nicht. Dann befühlte er die Knopfleiste auf seiner Brust. Sämtliche Knöpfe waren abgesprungen und hatten sich über die Stufen ergossen.

»Dürfte ich mal eine Lampe haben?« Sattler, der Leiter der Kriminaltechnik, beugte sich über eine mit lehmgelbem Wasser gefüllte, kreisrund gemauerte Einfassung. Er sah nicht auf, als Gabi die Stablampe aus ihrer Tasche kramte und sie ihm in die nach oben gereckte Hand drückte. »Das müssen wir leerpumpen«, sagte er und kam wieder hoch. Nach einem aufmerksamen Blick auf Waldes offen stehendes Hemd, unter dem ein gelbes T-Shirt zum Vorschein kam, fügte er hinzu: »Wir sollten schon wissen, was sich unter der Brühe verbirgt.«

Walde beugte sich nun ebenfalls über die Brüstung und schaute in den Schacht hinunter. Im Lampenlicht erkannte er am Grund eine dunkle Wasseroberfläche. Er schätzte, dass es gut und gerne fünf Meter bis dahin waren.

»Ist wohl mal ein Brunnen gewesen«, vermutete er. »Den haben die Museumsleute bestimmt schon inspiziert.«

»Wahrscheinlich haben die ihn überhaupt erst freigelegt«, Sattler wies auf die kleinen Grundmauern ringsum. »Die hatten ja mehr als ein Jahr Zeit, um hier alle Grundmauern freizukratzen. Aber wir schauen lieber mal nach, ob nicht jemand nachträglich da unten gelandet ist.«

»Seid ihr auch an der Absturzstelle gewesen?« Walde deutete zu der Stelle unter der Treppe, wo sie in der Nacht Blutspuren gefunden hatten.

»Das Blut ist gesichert, da vorne gibt es Schleifspuren ...« Der Techniker hielt inne, solange das Bohrgerät ratterte. »Nicht von einem menschlichen Körper, sondern eher von Draht, dazu reichlich Fußspuren, aber hier sind heute schon jede Menge Leute am Werk, und die Raupen und Bagger haben es uns auch nicht leichter gemacht.«

Gabi hatte sich, während sie telefonierte, einige Schritte entfernt und kam nun wieder angestiefelt. »Wenn ihr hier unten fertig seid, könnt ihr dann noch da oben nachsehen?«

»Das ging aber fix mit dem Durchsuchungsbeschluss«, sagte Walde.

»Monika meint, die KT kann da oben rein, Gefahr in Verzug, möglicher Tatort, außerdem ist das ganze Areal inklusive des Abrisshauses im Grunde genommen eine zusammenhängende Immobilie. Das wird ja das neue Einkaufszentrum. Und hier unten haben wir schließlich auch keinen Durchsuchungsbeschluss.«

»Das hört sich plausibel an.« Sattler nickte. »Und wenn der Staatsanwalt uns nicht das Genick bricht, dann macht es die da.« Er grinste. »Die wievielte Stufe war es?«

»Die siebtletzte.« Walde atmete tief ein und aus. »Ich hab beim Hinaufgehen jede Stufe auf Festigkeit geprüft. Um ein Haar wäre ich ...”

»Du hast ja mich.« Gabi zupfte Walde hinten am Kragen, worauf sich sein knopfloses Hemd bis hinunter zum Bauchnabel öffnete.

Wieder klingelte ihr Telefon. Ihr Grinsen verschwand, als sie ein paar Sekunden zugehört hatte. Sie hielt Walde ihr Handy hin. »Für dich, Firma Dreck und Pest aus Luxemburg.«

»Ja, Bock?«

»Guten Tag, Herr Hauptkommissar, Firma Trading Invest, Köln, ich verbinde mit unserer Prokuristin, Frau Hörmann.«

Kurz darauf meldete sich eine Elan versprühende Stimme: »Guten Tag, Herr Hauptkommissar, sehr bedauerlich, was sich da heute Nacht auf unserer Baustelle zugetragen hat.«

»Ja.« Walde kratzte sich an der Schläfe. Was sollte das?

Noch bevor er weiter darüber nachdenken konnte, sagte die Stimme: »Haben Sie schon das Opfer gefunden?«

»Leider nein, vielmehr, wir wissen es noch nicht.« In dem Moment, als er es gesagt hatte, kam ihm seine Antwort selbst blödsinnig vor.

»Das verstehe ich jetzt nicht, Herr Bock.«

»Wir ermitteln noch.«

»Was bedeutet das für den Fortgang der Bauarbeiten?«

»Wir können die Baustelle leider noch nicht freigeben.«

»Sie sind doch nun schon mehr als eine Stunde da. Was gibt es denn noch so Wichtiges zu tun, dass nicht wenigstens ein Teil unserer Leute weiterarbeiten könnte?« Ihr Ton hatte deutlich an Schärfe zugelegt.

»Darüber kann ich Ihnen leider keine Auskunft geben.«

»Was heißt hier, keine Auskunft geben?«

»Das, was ich gesagt habe.«

»Sie wissen wohl nicht, mit wem Sie sprechen?«

»Sie sagen es. Ich gebe grundsätzlich niemandem am Telefon Auskunft über unsere Untersuchungen.«

Damit legte Walde auf und reichte Gabi das Mobiltelefon.

»Hört sich nach Ärger an.« Sie ließ das Telefon in ihre Tasche gleiten, wo es klirrend gegen etwas Metallisches prallte.

Auf dem Weg nach Hause spürte Walde, wie der Ärger über das Telefonat in ihm nachwirkte.

In der Wohnung war es still. Doris hatte den Bewerbungstermin. Es fiel ihm immer noch nicht ein, wo. Annika war wohl im Hort.

Als Erstes steckte er sein Mobiltelefon ein, das er auf der Dielenkommode hatte liegenlassen. Im Schlafzimmer nahm er ein frisches Hemd aus dem Schrank. Beim alten musste er nur noch die untersten beiden Knöpfe lösen.

Quintus hatte ihn gewittert. Walde sah, wie der Hund in freudiger Erwartung zur Terrassentür lief. Der Malamute brauchte viel Auslauf. Seitdem Walde im letzten Jahr das halb verhungerte Tier in der Nähe seines ermordeten Herrchens in der Eifel gefunden hatte, gehörte Quintus zur Familie.

Walde bezweifelte, dass Doris am Morgen genügend Zeit für einen ausgiebigen Spaziergang mit dem Hund gehabt hatte.

»Ja, Quintus, alles klar, ich nehm dich mit!« Walde tätschelte den großen Kopf des Hundes, während er ihn daran hinderte, an ihm hochzuspringen, als er ihm die Leine anlegte.

»Herr Waldemar Bock?«, fragte ihn ein uniformierter Paketbote vor der Tür.

Walde nahm ein flaches Paket entgegen und kritzelte seine Unterschrift auf ein elektronisches Gerät. Der Hund war nur mit großer Mühe wieder zur Wohnungstür zurückzubewegen. Walde schleifte ihn mehr über die Fliesen, als der Hund sich selbst bewegte. Nachdem Walde das Paket, auf dem er als Absender ein Münzkontor gelesen hatte, durch die Wohnungstür in die Diele geschoben hatte, wurde er auch schon derartig heftig zurückgerissen, dass es ihm fast den Arm ausgerenkt hätte.

Nach einem schnellen Auf und Ab durch die Nordallee bis hoch zur Porta Nigra und zurück durch den aus einer Handvoll Bäumen bestehenden Rautenstrauchpark, dessen Bezeichnung Park eine maßlose Übertreibung war, legte Walde noch ein wenig Tempo zu. Er war gleich in der Gerichtsmedizin mit Hoffmann und Grabbe verabredet. Quintus, dem es nie schnell genug gehen konnte, nahm die Temposteigerung mit Begeisterung an. Dann blieb er an einer seiner Lieblingsstellen stehen und hob das Bein.

Ein paar Minuten später konnte er den längst noch nicht müden Quintus mit einer Extraportion Leckerlis dazu bewegen, im heimischen Garten zurückzubleiben.

Als Walde am Wendekreis vor dem Krankenhaus ankam, erwartete ihn Grabbe bereits an der automatischen Drehtür. Dort herrschte reges Kommen und Gehen.

Walde beobachtete, wie sein Kollege verstohlen auf die Uhr schaute und dann kritisch Waldes Schuhe beäugte.

»Entschuldige, ich musste noch eine Runde mit Quintus gehen.« Walde streifte an der Bordsteinkante den gröbsten Schmutz von seinen Schuhen ab. Grabbe war schon im Eingang verschwunden.

Als er ihn einholte, stand Waldes Kollege bereits vor der Fahrstuhltür, wo drei weitere Leute warteten, die sich miteinander unterhielten. Sie führten das Gespräch auch im Fahrstuhl fort.

Sobald sich im Keller die Fahrstuhltür hinter ihnen schloss, wetterte Grabbe los: »Da ist man noch keine zwei Minuten in diesem Haus und ist schon vollgestopft mit dem ganzen Krankengeschichtenmist.« Er schüttelte den Kopf so heftig, als wollte er etwas hinausschleudern. »Okkultes Blut im Stuhl ... bei Speiseröhrenkrebs wird es schwierig ... aufgemacht und gleich wieder zugemacht«, äffte er das Gehörte nach. »Gibt es denn keinen anderen Gesprächsstoff mehr?«

»Wir sind in einem Krankenhaus«, Walde hob die Schultern. »Im Moselstadion wird über Fußball gesprochen, im Theater ..."

»... ja, ja, schon gut.« Grabbes Schlafdefizit schien ihm die Laune vermiest zu haben.

Auch der Gerichtsmediziner Dr. Hoffmann hielt demonstrativ den linken Unterarm vor sein Gesicht. Lediglich ein heller Streifen Haut deutete auf die Position seiner Armbanduhr, die er während der Arbeit abgelegt hatte.

Walde beobachtete, wie Grabbe es vermied, zu dem Tisch zu schauen, an dem mit dem Rücken zu ihnen Gottlieb, der Assistent, arbeitete. Nur behaarte, muskulöse Beine, Hüfte und Bauch des Toten waren zu sehen. Der Ypsilonschnitt führte bis tief hinunter zur Scham. Walde war froh, dass Grabbe sich den Anblick schenkte. Der schwere Geruch nach Blut und Exkrementen war so schon kaum auszuhalten.

Hoffmann führte sie durch eine Schiebetür in einen kahlen Nebenraum, in dem sich neben einem schmalen Schrank nur ein Stuhl und ein Schreibtisch mit einem Laptop befanden. An der Decke surrte es leise aus einer kreisförmigen Lüftung.

»Person männlich, um die vierzig, 1,83, 85 Kilo, Nichtraucher, eine Fraktur der oberen Halswirbel C1 und C2 führte zum unmittelbaren Tod. Die Verletzung am Hinterkopf kommt dafür ursächlich in Frage. In der Wunde haben wir Steinpartikel gefunden. Des Weiteren weist die Person eine erhebliche Anzahl von Frakturen, hauptsächlich der Rippen, auf. Verletzungen an beiden Lungenflügeln, der Leber ...«

»Genickbruch?«, fragte Grabbe, der sich schnaufend eine Hand in den Kragen seines Hemdes schob, als wäre ihm dieser zu eng.

»Nach dem ersten Sturz«, Hoffmann nickte.

»Wie bitte? Er wird ja wohl nicht zweimal auf den Brückenpfeiler gestürzt sein.« Grabbes Blick glitt an den Wänden entlang. Es gab kein Fenster, durch das Frischluft in den Raum gelangen konnte.

»Die übrigen Verletzungen sind post mortem.«

»Dann ist es vielleicht der Typ von der Baustelle. Der hätte sich mit gebrochenem Genick nicht mehr zur Brücke schleppen können!« Grabbe wurde übel. Er wusste, dass er, um dem Geruch zu entgehen, noch einmal durch den schrecklichen Raum musste, aus dem nun zu allem Überfluss auch noch das Heulen einer hochtourigen Maschine erklang, zu deren Funktion er lieber keine Spekulationen anstellte.

»Haben Sie schon das Blut von der Baustelle mit seinem verglichen?« Grabbe deutete mit dem Daumen über seine Schulter auf die Schiebetür. Er machte einen Schritt zur Seite und stand nun unter der Lüftung.

»Sobald ich es hier habe, werde ich das machen.«

»Hat das Opfer Alkohol oder Drogen genommen?«

»Das werden wir bald wissen. Ich schicke euch nachher eine Mail. Ach so, die Kriminaltechnik fragt an, ob ihr die Kleidung mitnehmen könnt.« Hoffmann wies auf einen Plastiksack neben der Tür, durch den eine dunkle Schärpe schimmerte.

In der Personenschleuse des Präsidiums fragte sich Walde zum wiederholten Mal, warum dieser hohe Sicherheitsaufwand mit Einzelpersonenabfertigung ausgerechnet in einem Gebäude nötig war, wo fast jeder Mitarbeiter eine Waffe trug. Es war auch noch nie vorgekommen, dass ein Festgenommener durch den Eingangsbereich geflüchtet war, von Fensterstürzen einmal abgesehen, die aber diese aufwendige Sicherheitseinrichtung auch nicht hätte verhindern können.

»Herr Hauptkommissar, der Polizeipräsident wünscht Sie umgehend zu sprechen.«

Walde nickte dem Kollegen hinter der Glasscheibe zu. Während er im Foyer auf Grabbe wartete, hörte er, wie Grabbe sagte: »Schon in Ordnung, ich richte es ihm aus.«

»Was ist in Ordnung?«, fragte Walde, als sie an der Treppe anlangten.

»Der Kollege an der Pforte hat die Anweisung, dem Präsidenten deine Ankunft ..."

»Was soll denn der Quatsch?«

»Vielleicht nimmt er an, du würdest erst mal ...«

»Zur Toilette gehen?«

»Oder so. Ich bring das mal in die KT.« Grabbe nahm Walde das Bündel mit den Sachen des Opfers aus der Hand und machte sich auf den Weg zum zweiten Stock.

Kaum hatte Walde die ersten Meter des Flurs durchquert, da öffnete sich vor ihm die Tür zum Vorzimmer des Präsidenten.

»Herr Stiermann erwartet Sie!« Die Miene der Assistentin, die sich bis vor wenigen Monaten selbst noch als Vorzimmerdame bezeichnet hatte, war zur freundlichkeitsfreien Zone erstarrt.

»Da sind Sie ja.« Stiermann begrüßte ihn wie einen auf dem Weg zum Nordpol verloren gegangenen Expeditionsteilnehmer. »Da bin ich aber froh.«

Hätte nur noch gefehlt, dass er ihn umarmte.

»Warum?« Walde blieb mitten im Raum stehen, weil sein Chef sich mit dem Rücken an einen Schrank lehnte, auf dem die kleine silbrige Figur eines Golfspielers stand.

»Dass es doch noch schneller vorangeht mit Ihren Untersuchungen.«

»Aha.«

»Wir sind heilfroh, dass es auf der Baustelle endlich weitergehen kann. Das war ja ein Schandfleck für unsere schöne Stadt, und wer weiß, wie lange der noch geblieben wäre, wenn die Firma Trading Invest nicht ...«

»Wer sind wir?«, fragte Walde.

»Wir, das sind ...«, Stiermann stutzte einen Moment, »die Bürger dieser Stadt.«

»Zu denen zähle ich mich ebenfalls, und ich bin nicht besonders erfreut über einen großdimensionierten Verkaufspalast, dem eine traditionsreiche Kellerei weichen musste.«

»Ich denke, in unserem Beruf zählen nur Fakten, da

hat eine persönliche Meinung hinten anzustehen.«

»Aber Sie haben doch ...”

»Ich halte den Aufwand, den Sie da treiben, nicht für angemessen.« Der Präsident wies auf die Sitzgruppe.

»Jemand hat sich dort in der letzten Nacht schwere, vielleicht sogar tödliche Verletzungen zugezogen.« Walde ließ sich behutsam auf die weiche Polsterung nieder.

»Das könnte ein Schrotthändler gewesen sein, der beim Demontieren der Treppe abgestürzt ist.«

Walde fragte sich, woher der Präsident seine Detailkenntnis hatte. »Das ist möglich, rechtfertigt aber nicht die Einstellung der Ermittlungen.«

»Das verlangt ja auch niemand. Aber in Anbetracht von ein paar Kabelräubern sollte die Verhältnismäßigkeit gewahrt bleiben!«

»Soll das heißen, Kabelräuber hätten ...”

»Verstehen Sie mich nicht falsch.«

Walde schüttelte den Kopf. »Ich glaube, ich verstehe Sie richtig.«

Im Besprechungszimmer war außer Tassengeklapper nichts zu hören. Es duftete nach Kaffee. Die vielen Krümel um den nur noch halbrund vorhandenen Marmorkuchen in der Mitte des Besprechungstischs machten deutlich, dass es den Kollegen schmeckte. Gabi legte Walde wortlos ein Stück auf seinen Teller, als er neben ihr und Meyer Platz nahm.

»Wem darf ich gratulieren?«, fragte Walde.

Grabbe und Monika deuteten synchron mit ihren auf Gäbelchen gespießten Kuchenstücken zu Gabi.

»Herzlichen Glückwunsch, Gabi, ich hab heute noch nicht in meinen Kalender gesehen.« Walde stand auf und umarmte seine Kollegin.

»Steht mein Geburtstag da wirklich drin?«

»Ich denke schon«, Walde schob sich ein großes Stück Kuchen in den Mund und war sich nicht mehr sicher, ob er überhaupt irgendeinen Geburtstagstermin in seinem Kalender vermerkt hatte.

»Schönen Gruß von Harry«, sagte Gabi. »Er hat eben angerufen. In zwei Wochen kommt er wieder aus der Reha zurück.«

Der Laptop neben Grabbes Teller gab ein lautes Blong von sich. Der Kollege legte seine Gabel zur Seite.

»Wenigstens die Fotos sind schon mal da.« Nach wenigen Klicks drehte er den Monitor zu seinen Kollegen. »Ich lasse sie mal im Fünf-Sekunden-Takt ablaufen.«

Walde sah den Pfeiler der Römerbrücke mit dem abgestürzten Opfer, ein paar Nahaufnahmen des Toten, dann Fotos von der Baustelle mit dem Mauerrest, auf dem das Blut sichergestellt worden war, und ein Bild der Treppe im Abrisshaus.

»Könnte ich das Foto von eben noch mal sehen?«, fragte Gabi mit vollem Mund.

»Welches?« Grabbe ließ die Bilder zurücklaufen.

»Das mit der Kleidung des Opfers.« Sie wartete ab und gab ihm ein Handzeichen, als das gewünschte Foto erschien. Es zeigte die auf dem Rücken der Leiche hoch gerutschte Jacke.

»Könnte ein Nierengurt sein, den er da um die Taille trägt«, kommentierte Grabbe. »Gibt es da nicht weit vom Fundort so einen Säufertreffpunkt neben der Bushaltestelle am Brückenkopf?«

»Du vermutest einen Streit unter Betrunkenen«, fragte Gabi, »bei dem einer über das Geländer geworfen wurde?«

»Die Typen hauen sich höchstens gegenseitig auf die Nase. Für eine größere Klopperei sind die Besoffkis wirklich viel zu fertig«, sagte Meyer. »Außerdem ist deren Treff auf der anderen Seite, da müssten sie sich über die Straße geprügelt haben.«

»Was sagen seine Blutwerte?«, fragte Gabi.

»Die Untersuchung liegt noch nicht vor«, antwortete Grabbe. »Vielleicht hat jemand sein Moped haben wollen?«

»Das ist kein Nierengurt«, sagte Gabi. »So eine Art Schärpe oder wie das Ding heißt. Die hab ich bei Männern unterm Smoking gesehen, ich glaub, bei der Oscar-Verleihung.« Sie bückte sich nach dem Beutel, der neben der Tür auf dem Boden lag.

»Einen Moment!«, versuchte Walde sie zurückzuhalten. Durch die Folie erkannte er die Kleidung des Toten, die ihnen vom Gerichtsmediziner mitgegeben worden war. »Lass uns vorher wenigstens den Kuchen wegnehmen.«

Während die anderen den Tisch abräumten, nahm Gabi Handschuhe aus ihrer Tasche.

»Was hast du da eigentlich noch alles drin?«, flüsterte Walde.

»Alles, was Frau so braucht!«

Gabi zog die dunkle Schärpe unter dem Kleiderbündel hervor. Dabei fiel ein Schuh zu Boden. Sie hob ihn auf und tippte mit dem Knöchel ihres Zeigefingers auf die glatte Ledersohle mit dem niedrigen Absatz. »Kein Lehm, nichts. Damit ist er jedenfalls nicht in der Baustelle gewesen. Er muss von der Straße aus zur Treppe gelangt sein.«

»Aber schau dir das mal an.« Walde wies auf die Verschmutzung im Fersenbereich.

»Der gleiche Dreck wie auf den anderen Sachen.« Grabbe faltete eine Stoffjacke auseinander. »Der Lehm ist nur auf dem Rücken zu finden, ebenso nur hinten an der Hose.«

»Der Lehm stammt aber nicht vom Brückenpfeiler«, Gabi rieb mit der flachen Hand über den bröckeligen Schmutz. »Kann es sein, dass man ihn in der Mosel entsorgen wollte, und er ist unglücklicherweise auf dem Pfeiler liegen geblieben?«

»Möglich.« Walde nickte. »Wir sollten prüfen, ob der Lehm von der Baustelle stammt.« Er zog einen kleinen Beutel aus dem Bündel, in dem eine Taschenuhr mit einer langen Kette, ein paar Euroscheine und Münzen und ein kleiner Schlüsselbund zu erkennen waren. »Noch wichtiger wäre es zu wissen, um wen es sich handelt.«

Gabi hielt sich die Uhr ans Ohr, ließ den fein ziselierten Deckel aufschnappen. »Ein altes Stück, wahrscheinlich Silber.« Sie schaute auf ihre Armbanduhr. »Funktioniert noch einwandfrei.«

Walde hatte sich derweil den Ring genommen, an dem vier Schlüssel hingen.

»Zylinderschlösser«, bemerkte Meyer, während er sich von seinem Stuhl erhob. Er berührte im Vorbeigehen Gabis Oberarm. »Ich bin dann mal weg. Danke für Kaffee und Kuchen.«

Neben den Schlüsseln hing ein kleiner Fisch, bei dem die Bohrung durch das Auge ging, und die etwas größere Figur eines nackten Mannes mit Bart und Dreizack, an dem einer der Zacken nur noch halb vorhanden war. Walde legte die Figur auf seinen Mittel- und Zeigefinger.

»Ein Teufelchen«, sagte Gabi, die sich darüber beugte. »Oder ein Meeresgott, wie hieß der denn noch, der mit dem Delphin und dem Dreizack?«

»Poseidon«, kam es gelangweilt von Monika, als müsste sie die Fünfzig-Euro-Einstiegsfrage bei *‚Wer wird Millionär'* beantworten.

»Genau!«

»Bringt uns das weiter?«, fragte Grabbe.

»Vielleicht ein Angler ...«

»Oder Griechenlandfan ...«

»Oder ein Freund der griechischen Mythologie oder, oder, oder.« Monika hörte sich ein wenig genervt an. »Ich höre mal nach, ob es eine Notrufrückverfolgung von dem anonymen Anruf von heute Nacht gibt.«

»Darf ich zusammenfassen.« Grabbe hob die Stimme, weil Gabi die Kleidung wieder in der knisternden Tüte verstaute. »Wir haben einen ungewöhnlich bekleideten Toten, der zumindest durch Fremdeinwirkung auf den Brückenpfeiler gelangt ist. Er könnte was mit der

Baustelle *City-Passage* zu tun haben. Es könnte auch ein Tourist sein. Eine Vermisstenmeldung liegt noch nicht vor. Wer kümmert sich um die Hotels?«

Er schaute in die Runde. Monika hob seufzend die Hand. »Und die Staatsanwaltschaft braucht einen Bericht.«

»Den Notruf übernimmt also Monika«, fuhr Walde fort, die Aufgaben zu verteilen. »Wir brauchen die Ergebnisse der KT und der Obduktion. Was machst du?« Walde sah Gabi an.

»Da ich heute Geburtstag habe, darf ich mir was aussuchen.« Sie grinste. »Könnte ich ein Foto des Toten haben? Ich schau auch noch mal im Penthouse vorbei.«

»Pass auf der Treppe auf!« Als er ihr Lächeln bemerkte, bereute Walde seinen Ratschlag.

Noch während er die Mails auf dem Rechner in seinem Büro durchsah, wählte er die unter ‚Daheim' gespeicherte Nummer in seinem Telefon.

»Ja?«, meldete sich Doris schon nach dem zweiten Klingeln.

»Oh, du bist zu Hause. Ich dachte, du wärst noch bei deinem Bewerbungstermin.«

»Wolltest du Minka oder Quintus sprechen? Annika ist im Hort.« Im Hintergrund lief laute Musik.

»Nein, ich wollte wissen, wie es bei dir gelaufen ist?«

»Weiß nicht.« Es war eine Skandinavierin, die Doris hörte. Er kannte die CD, wusste sie aber im Moment nicht einer bestimmten Interpretin zuzuordnen, genauso wenig wie ihm einfiel, wo Doris sich beworben hatte.

»Was für einen Eindruck hast du?«, bohrte er nach.

»Es ging ziemlich schnell«, sagte sie. »Ich muss drüber nachdenken.«

»Gehst du laufen?«

»Ja.«

»Rufst du mich später an?«, fragte er. »Wir können ja vielleicht was essen gehen.«

»Wie läuft's bei dir?«

Er spürte ihre Distanz. Sie wich auf ein anderes Thema aus.

»Ich brüte gerade über einem nackten Mann.« Walde betrachtete den Schlüsselbund vor sich auf der Tischplatte.

»Aha.«

»Athletische Figur, üppiger Haarschopf, lockiger Bart, hält einen Dreizack in der Hand.«

»Etwas älter?«

»Denke schon.«

»Vielleicht ein griechischer Gott?«

»Könnte sein.« Walde lupfte mit dem Zeigefinger die kleine Figur so, dass sie ihm den Rücken zuwandte. Obwohl sie sehr klein war, konnte er die lockere Haltung der rechten Hand erkennen, die den Stab mit dem Dreizack hielt.«

»Poseidon?«

»Weißt du mehr von ihm?«

»Der hat sich mit seinen Brüdern Zeus und Hades die Welt geteilt und das Meer gekriegt. Ich kenne ihn mit Dreizack, Fisch und Delphin.«

»Ein Fisch ist auch dabei, sieht aber nicht wie ein Delphin aus.«

»Die Römer haben ihn später den Griechen geklaut und *Neptun* genannt. Wie sie sich überall das Beste herausgepickt haben, wo sie hinkamen. Bei den Ägyptern ...«

»Danke, Doris«, unterbrach Walde sie. »Das bringt mich auf eine Idee.«

*

Vom Damm aus sahen sie auf das schnell fließende trübe Wasser der Mosel, an derem Ufer das schmale dunkelgraue Schiff mit dem etwas helleren Aufbau an dicken Seilen vertäut lag. Nur wenige, kaum mehr als handgroße Bullaugen liefen oben am Rumpf entlang. Das einzige ovale Fenster auf der Seite des Aufbaus wirkte wie ein bedrohliches Auge.

»Wie ich gestern Abend schon sagte«, stellte Grabbe fest, »das war bestimmt mal ein Minensuchboot.«

Walde sah zwei deutsche Flaggen am Bug und oben am Mast flattern. Als sie näher kamen, erkannte Walde den Schriftzug.

»*Neptun*«, las er halblaut und tastete den Schlüsselbund in seiner Jackentasche nach der kleinen Figur ab.

Dieser Teil der Mosel mit den Landestegen für Personenschiffe war durch eine schmale, langgezogene Insel von der Fahrrinne der Schifffahrt getrennt.

Auf dem Uferweg schrubbten zwei Männer vom Hochwasser angeschwemmten Lehm und Unrat vom Asphalt. Walde und Grabbe machten einen Bogen um den Wasserstrahl, der aus einem dicken Schlauch lief, hinter dem sich die Männer in Gummistiefeln bemühten, die aufgeweichte Masse die Böschung hinunter zum Fluss zu kehren.

Auf dem schmalen Landungssteg zur *Neptun* gelangten sie bis zu einer verschlossenen Drahtgittertür in der Mitte des Aufgangs. Walde betrachtete die abschreckend spitzen Eisenstäbe rund um den Torrahmen, die weit über den Rand des Stegs ins Wasser ragten, um Eindringlinge abzuhalten. Es gab keine Klingel.

Als sie sich zum Umkehren anschickten, hörten sie vom Schiff her ein Platschen. Ein kräftiger Mann im weißen T-Shirt über einer hellen Hose wandte sich, einen Eimer in der Hand schwenkend, dessen Inhalt er gerade über Bord geschüttet hatte, einer offenen niedrigen Tür zu.

»Hallo!«, rief Walde.

Der Mann verschwand, ohne zu reagieren.

»Na toll!«, brummte Grabbe.

Walde nahm den Schlüsselbund mit den beiden Figürchen heraus. Während er die ersten drei Schlüssel ausprobierte, behielt er das Schiff im Auge. Nichts tat sich dort. Möglich, dass der Mann von eben sie durch eines der Bullaugen beobachtete.

Der vierte Schlüssel passte und ließ sich drehen. Walde

und Grabbe schlüpften durch das Tor. Als Walde wieder hinter ihnen abschloss, sah er zu den beiden Männern auf dem Uferweg. Sie schienen ausschließlich auf ihre Arbeit konzentriert zu sein.

Die nassen Holzplanken an Deck glänzten. Grabbe scharrte mit dem Fuß darüber, bevor er den ersten Schritt darauf machte. »Vorsichtig, die sind glatt!«

Er beugte sich seitwärts und prüfte die Festigkeit des dünnen Seils, das entlang der Reling zwischen kleine Metallstäbe gespannt war.

Das Boot lag nicht so ruhig, wie es vom Ufer aus den Anschein gehabt hatte. Zu einer leichten Auf- und Abwärtsbewegung, die es langsam in Längsrichtung vollführte, kamen unregelmäßige Bewegungen zur Seite hinzu, welche die beiden Männer dazu zwangen, näher an der Wand des Führerhauses entlangzugehen.

Sie erreichten die Tür, durch die der Mann eben verschwunden war. Walde musste sich tief bücken, als er durch die ovale Tür ging und gleichzeitig darauf achten, nicht über den hohen Sockel zu stolpern. Dabei stieß er sich den Kopf und fluchte leise. Innen klebte unter dem Schild *‚Notausgang'* ein weiteres, das darauf hinwies, dass *Rauchen und offenes Feuer polizeilich verboten* waren. Lediglich das durch die offene Tür einfallende Licht beleuchtete den schmalen Raum. Walde ſand keinen Lichtschalter. Jetzt hätte er eine Taschenlampe brauchen können.

Als Grabbe ihm folgte, blieben sie einen Moment stehen, um sich zu orientieren. Nur schwach war der Verkehrslärm zu hören. Es roch muffig. Walde fühlte sich unter der niedrigen Decke unwohl. Er musste einen Ausfallschritt machen, um die Bewegung des Schiffes auszugleichen. Grabbe stieß mit der Schulter an eine niedrige Tür. Er drückte den Griff hinunter. Sie ging auf. Seine Hand ertastete einen Schalter. Ein schwaches Licht hinter einem Drahtschutz an der Decke erleuchtete zwei kleine Schiebetüren aus grauem Kunststoff. Grabbe schob eine auf, dahinter erschien eine schmutzige Dusche.

»Soll das eine Dusche für Zwerge sein?«, fragte Walde, der über Grabbes Schulter lugte.

Wieder in dem Vorraum, zuckte Grabbe zusammen, als hinter ihnen die Tür zuschlug. Für einen Moment war es stockdunkel, bis Walde sich an dem schwachen Lichtschein unter der Tür zur Dusche orientierte und nach dem Öffnen der Tür endlich auch einen Schalter im Vorraum fand. Nun gab es auch hier ein wenig Licht.

Direkt vor ihnen führte eine Treppe fast senkrecht hinunter. Ihr Ende verschwand im Nichts, weil das Licht nicht ausreichte.

»Ich glaub, ich muss mal an die frische Luft.« Noch während er das sagte, drängte sich Grabbe zur Tür hinaus. Gleich darauf entfernten sich seine Schritte an Deck.

Die Treppe war so steil, dass Walde wie auf einer Leiter rückwärts hinunterstieg. Unten brauchte er eine Weile, bis er einen Lichtschalter fand. Wieder gab es nur eine schwache Deckenlampe. Hier unten war es still, bis auf das Rauschen des Flusses. Der Geruch schien eine Spur modriger geworden zu sein, hinzu kam nun noch ein leichter Ölgestank. Wände und Decken waren mit dunklem, rötlichem Holz verkleidet.

Die nach beiden Seiten abgehenden Türen außer Acht lassend, gelangte Walde durch einen längeren Flur an eine Tür, hinter der es stockdunkel war. Hier kam es ihm vor, als habe sich der Hall seiner Schritte verändert. Er tastete an der Wand entlang, konnte keinen Schalter finden. Der Raum war noch kühler als die anderen, oder war es Angst, die ihn frösteln ließ? Plötzlich wünschte er sich Gabi herbei, denn dann gäbe es nicht nur eine Taschenlampe, sondern zur Not auch eine Waffe.

Das Rauschen war lauter geworden, obwohl Walde sich vom flussaufwärts gelegenen Bug, wo die Strömung eigentlich am stärksten auftreffen musste, entfernt hatte.

Er tastete sich weiter in den dunklen Raum hinein. Das durch die Tür fallende Licht verlor sich in der Weite des Raums. Ihm schien, als käme das Rauschen von der rechten Seite. Nun bemerkte er auch die beiden winzigen Luken, die weiter hinten ein wenig Licht hereinließen. Ein klopfendes Geräusch ließ ihn aufhorchen. Es schien von links zu kommen.

Walde bewegte sich vorsichtig weiter. Das Klopfen war abgeklungen.

Er gelangte zu einer Treppe, die breiter und weit weniger steil schien als die von vorhin. Wieder setzte das Klopfen ein. Walde stieß an einen Stuhl. Langsam konnten seine Augen in dem minimalen Licht eine Reihe von Tischen erkennen. Da war auch eine Tür. Als er die Hand auf die Klinke legte, atmete er tief durch, bevor er die Tür einen Spalt weit aufdrückte.

*

Gleichzeitig mit dem Anklopfen öffnete Monika schwungvoll die Tür zu Gabis Büro. Beim Vorbeigehen an Grabbes verwaistem Schreibtisch zog sie dessen Stuhl hinter sich her.

»Was ist los?«, fragte Gabi, als Monika den Stuhl neben ihrem parkte und sich darauf fallen ließ.

»Ich brauche deinen Rechner«, sagte sie, »an meinem habe ich keinen guten Lautsprecher.«

»Einen Moment!« Gabi hatte die Begriffe Tango und Trier gegoogelt und wurde gleich mit Musik auf einer Seite des *Tangoclubs 96* begrüßt.

»Guter Sound«, kommentierte Monika.

»Kommst du mit?«, fragte Gabi.

»Wohin?«

»Morgen Abend, zum Tanzen? Ein bisschen Tango.«

»Ich kann nicht tanzen und ganz besonders keinen Tango. Außerdem hab ich kein passendes Outfit.« Sie betrachtete die Fotos der Tanzpaare auf dem Monitor.

»Ein paar schöne Beine und Hintern sind schon dabei«, sagte Gabi und stellte den Ton leiser. »Ich hab schon ewig nicht mehr getanzt.«

»Lass ruhig so laut«, bat Monika, »ich hab dir den Mitschnitt des Notrufes von heute Nacht per Mail geschickt.«

Während Gabi das Programm wechselte, klingelte ihr Telefon. Sie hörte kurz zu und sagte dann: »Alles klar, Sattler, pack den Kram ein, wir gucken ihn uns hier an.«

Monika hatte die Maus übernommen und klickte die Datei mit dem Notruf an.

Die Stimme eines Mannes meldete in bemühtem Hochdeutsch den Vorfall auf der Großbaustelle.

»Das ist Rocky!«, rief Gabi.

*

Vom Geruch her musste es sich um eine Küche handeln, in die Walde nun vorsichtig hineinspähte.

»Kripo Trier!« Wie einen Schutzschild hielt er seinen Dienstausweis in der Hand und trat ein. Er musste seine Augen vor dem grellen Deckenlicht schützen. Dann registrierte er eine professionelle Kücheneinrichtung aus Aluminium, gekachelte Wände und eine hell verkleidete Decke mit drei Neonröhren.

Ein dunkelhaariger, kräftiger Mann hob den Kopf und öffnete überrascht den Mund, ohne einen Ton von sich zu geben. Das Messer in seiner Hand war mit der Spitze auf den Eindringling gerichtet. Nebenan auf dem Herd stand ein großer dampfender Topf.

»Wie kommen Sie hier rein?« Ohne sein Gegenüber aus den Augen zu lassen, griff der Mann über sich und drosselte die Dunstabzugshaube.

»Kennen Sie diesen Mann?« Walde faltete ein Blatt mit einem Foto des Toten auseinander und hielt es dem Mann entgegen.

Der Koch legte das Messer hin, wischte sich die Hände an einem Küchentuch ab, das seitlich an seinem Gürtel baumelte, und kam näher.

»Was ist mit ihm?«

»Kennen Sie ihn?«, wiederholte Walde.

Der Mann nickte. Im Gegensatz zur eng sitzenden blütenweißen Jacke und der weißen Kappe hatte seine Hose eine Wäsche nötig.

»Er wurde letzte Nacht tot aufgefunden.«

»Nein, das ist nicht möglich, der war doch noch ...« Der Mann schüttelte den Kopf und wischte sich mit dem Unterarm den Schweiß von der Stirn.

»Tut mir leid.« Walde zog den Schlüsselbund aus der Tasche. »Kennen Sie den?«

Der Koch nahm ihn in die Hand und betrachtete die Figuren.

»Ja, der gehörte Niklas.«

»Niklas und wie weiter?«

»Niklas Domski.«

»Hat er hier gewohnt?«

Der Koch schien in Gedanken versunken. Jetzt sah Walde am Revers der Jacke das aufgestickte Logo der *Neptun*, den Gott des Meeres mit Dreizack und Delphin.

»Wo ist sein Zimmer?«, fragte Walde. »Oder sollte ich besser Kajüte sagen?«

Der Mann drehte am Temperaturregler der Herdplatte und ging an Walde vorbei zur Tür hinaus. Als der Koch das Licht einschaltete, war Walde von der Dimension des Raumes überrascht. Von außen war ihm das Schiff viel schmäler erschienen. In zwei langen Reihen waren Tische aufgestellt. Hier fanden, schätzte er, an die fünfzig Leute Platz.

»Was ist das hier überhaupt?«

»Ein zum Pensionsschiff umgebautes ehemaliges Minensuchboot der Nationalen Volksarmee.«

»Und wer wohnt hier, und wem gehört es?«

»Ich weiß nur, dass es vorher einem Marineverein in Rostock gehört hat. Hier wohnen die Leute der TiBa-Lux.«

»Was macht die TiBa-Lux?« Walde nahm ein kleines Notizbuch aus der Tasche.

»Das ist eine Luxemburger Firma mit Großprojekten in ganz Europa.«

»Da haben es die Leute doch nicht weit. Sie könnten doch abends nach Hause fahren.«

»Die Italiener und Portugiesen wohnen in Luxemburg.« Der Koch lächelte. »Und die aus den östlichen Ländern wohnen hier.«

»Und woher kommen Sie, Herr ...?«

»Anweber, Kurt, ich komme aus Kiel.« Wie der Mann seinen Namen herunterschnarrte, klang es ein wenig militärisch. »Wir haben vorher ein Projekt in Rostock hochgezogen. Da haben wir auch schon auf der *Neptun* gewohnt.«

Waldes Blick schweifte über einen Feuerwehrschlauch an der Wand neben einem Kasten mit einem roten Kreuz darauf und zwei Holzrahmen. In dem einen waren hinter Glas Seile mit verschiedenen Schiffsknoten, in dem anderen war eine rote Axt zu sehen.

Es klingelte, der Koch nahm ein Handy aus der Hosentasche und schaltete den Klingelton ab.

»Und sind dann hierher gefahren?«, nahm Walde den Faden wieder auf.

»Fünf Tage waren wir mit dem Kahn unterwegs.« Sie waren zu dem Flur gelangt, durch den Walde gekommen und an dessen Ende die steile Treppe zu sehen war. Der Mann öffnete gleich die erste Tür auf der rechten Seite. »Das ist seine Kajüte.« Die Tür kratzte über den Boden.

Walde rief die Kriminaltechnik und wählte dann Grabbes Mobiltelefon an. »Wo bist du?«

»Draußen am Steg.« Grabbe hörte sich mürrisch an. »Du hast das Tor doch wieder abgesperrt.«

»Stimmt!« Walde schaute in die von der üblichen Deckenfunzel beleuchtete Kajüte. »Ich hab sein Zimmer gefunden und die KT bestellt. Möchtest du noch mal ins Schiff kommen?«

»Meinem Magen ist eigentlich weniger danach.«

»Gut, dann bis später.«

Walde streifte sich Handschuhe über, bevor er den Raum mit den im gleichen dunkelroten Farbton wie die Holzvertäfelung gehaltenen Möbeln betrat.

Der Koch blieb in der Tür stehen: »Das ist alles noch Mahagoni wie vor vierzig Jahren, als der Kahn gebaut wurde. Nix furniert oder so, alles massiv.«

In der Kajüte befanden sich ein schmaler Schrank, ein winziger Schreibtisch, ein ebenso winziger Waschschrank mit Spiegel darüber und eine Koje mit einer kaum schulterbreiten Matratze. »Hier ist es so eng wie in einem U-Boot.«

»Sie waren wohl noch nie in einem? Das ist eine Offizierskabine. Es gibt auf der *Neptun* noch eine zweite Einzelkabine. Alle anderen haben Vierer- und Achterkojen.«

Walde tastete die Taschen eines hellgrauen Anzugs ab, der auf einem Bügel außen am Schrank hing.

Neben ein paar Büchern lag ein iPod in einem offenen Regal. In dem Wandschränkchen über dem Bett entdeckte Walde ein kleines schwarzes Notizbuch. Beim Durchblättern hielt er es zuerst für unbenutzt, bis er merkte, dass Seiten herausgerissen waren. Wahrscheinlich hatte Domski das selbst getan. Für einen, der Spuren beseitigen wollte, wäre es am einfachsten gewesen, das Büchlein komplett verschwinden zu lassen.

Das Schiff machte eine heftige Schlingerbewegung. Walde musste sich am Wandschrank festhalten.

»Die Kollegen werden gleich eintreffen.« Walde legte das Notizbuch zurück. »Ich nehme an, Sie werden hier noch länger zur Verfügung stehen, Herr Anweber.«

»Ich hab in der Küche zu tun. Heute Abend muss das Essen für fünfunddreißig Leute auf dem Tisch stehen, die haben den ganzen Tag über schwer gearbeitet.«

Auf Deck spürte Walde an dem kühlen Wind, dass er in der engen Kabine ins Schwitzen geraten war. Nebenan legte ein kleineres Passagierschiff an.

»Na endlich«, sagte Grabbe, als Walde das Tor auf dem Steg aufschloss. »Gabi ist nach hier unterwegs, um mich abzuholen. Sie glaubt, den Anrufer auf dem Notruf erkannt zu haben.«

Ein Streifenwagen, gefolgt von zwei Wagen der Kriminaltechnik, rollte zum Ufer hinunter.

Fünf Minuten später war Walde zu Hause. Er zog ein flaches Päckchen aus dem Briefkasten und legte es in der Diele zu dem, das er vor ein paar Stunden entgegengenommen hatte.

Außer Minka, die ihn vorwurfsvoll zu ihrem leeren Trockenfutternapf führte, war niemand da. Wenn Doris mit Quintus unterwegs war, konnte es dauern. Walde machte sich gleich wieder auf den Weg. Vor einem Eiscafé in der Simeonstraße saßen Leute in der Sonne, die Stühle mit dem Rücken zur Porta Nigra gerichtet. Er bekam Lust auf eine Portion Stracciatella und Walnuss, entschied sich dann aber, bei Uli in der ‚*Gerüchteküche*' vorbeizuschauen.

Das Mittagsgeschäft lief auf Hochtouren. Alle Tische waren besetzt, an der Theke drängten sich Leute. Elfi und eine weitere Bedienung eilten zwischen Gastraum und Küche hin und her.

»Was zum Mitnehmen oder bleibst du hier?«, begrüßte ihn Uli, der hinter der Theke Getränke zapfte.

»Ist ja nichts frei.«

»Du kannst dich, wenn du möchtest, in die Redaktion setzen.«

Als Redaktion bezeichnete Uli ein kleines, durch eine Glasscheibe vom Gastraum getrenntes Räumchen, in das kaum mehr als ein Schreibtisch mit Rechner und einigen Peripheriegeräten und zwei Stühle passten. Hier produzierte Uli das unregelmäßig erscheinende *Extrablatt*, in dem er alle brisanten lokalen Themen aufzugreifen versuchte, die, wie er meinte, der Tageszeitung zu heiß waren.

Während Uli ihm eine große Apfelsaftschorle in die Hand drückte, ermahnte er ihn: »Aber schütte mir bitte nichts auf die Tastatur! Dein Baguette kommt gleich.«

Walde beobachtete anfangs das Treiben in der ‚*Gerüchteküche*', fühlte sich dabei aber ein wenig so, als sei er selbst in einer Glasvitrine ausgestellt. Er blätterte in einem Packen alter Ausgaben des Extrablatts und fand einen Artikel zur *City-Passage*.

»Aha, die Kripo nutzt mein Archiv mal wieder zu Recherchezwecken?«, sagte Uli, der ein dick belegtes Baguette auf dem Schreibtisch abstellte. »Suchst du etwas Bestimmtes? Ich hab rund ein halbes Dutzend Beiträge allein zur *City-Passage* geschrieben.«

»Danke.« Walde nahm das Baguette und suchte eine Stelle, an der er den Mund nicht allzu weit aufsperren musste.

»Die Trading Invest aus Köln hat vor ein paar Jahren dreiundzwanzig Millionen für die Treverer-Kellerei bezahlt, dabei aber übersehen, dass ein Penthousebesitzer nicht willens war zu verkaufen. Das war der Kardiologe im Ruhestand, Dr. Rüdiger Wohlenberg. Der forderte in erster Linie eine adäquate Immobilie in der City.« Ulis Lachen klang schadenfroh. »Besorg du mal ein Penthouse in der Altstadt!«

»Das also hat das Projekt so lange aufgehalten«, sagte Walde und wischte sich Mayonnaise aus dem Mundwinkel.

»Wohlenberg ist während der Geschichte gestorben, und seine Witwe hat sich als nicht minder streitbar erwiesen. Drumherum wurde einfach abgerissen, eine totale Sauerei. Der alten Frau konnte angst und bange werden, aber sie ist stur geblieben. Ich glaube, erst vor einem Monat wurde verkauft. Und jetzt gibt es bereits den ersten Toten.«

»Woher weißt du denn das schon wieder?«

Uli grinste: »Als würde in Trier so eine Nachricht länger als eine Stunde bis zu mir benötigen!«

Elfi steckte den Kopf herein: »Hallo, Walde! Uli, wir brauchen dich draußen.«

»Einen Moment!« Uli blätterte den Stapel *Extrablätter* durch und legte eine Ausgabe neben Waldes Teller. »Die hast du doch bestimmt damals gelesen.«

Auf dem Weg zur Baustelle klingelte Waldes Telefon.

»Wo steckst du?«, fragte Gabi.

»Fleischstraße, kurz vor der Baustelle.«

»Sattler ist da fertig und nun auf der *Neptun*. Apropos *Neptun*, Monika hat nach dir gefragt. Und rat mal, von wem der Notruf heute Nacht kam.« Nach einer Kunstpause sprach sie weiter. »Rocky!«

»Rocky?«, wiederholte Walde. »Der Rocky?«

»Ja, unser Rocky. Und dem statten Grabbe und ich jetzt einen Besuch ab. Ich hab seine üblichen Stationen überprüft. Seit drei Uhr heute Nacht ist er von der Bildfläche verschwunden. Vorher soll er zwei Nächte durchgemacht haben.«

»Gib ihn zur Fahndung.«

»Nein, nein, ich weiß, wo er zu finden ist«, sagte Gabi. »Außerdem kann ich das Rocky nicht antun.«

»Der pennt bestimmt noch!« Gabi drückte inzwischen im Sekundentakt die oberste Klingel auf der Leiste. Sie zog ihr Mobiltelefon aus der Innentasche ihrer Jacke und tippte mit dem Daumen eine Nummer ein.

»Da bist du ja endlich!«, sagte sie mürrisch. »Gabi hier, ja, richtig, die Gabi mit der schweren Handtasche ... Warum machst du nicht auf? ... In der Thebäerstraße ... Okay, wir sind gleich da.«

Sie steckte ihr Handy ein. »Er ist in der Muckibude beim Sepp.«

Das Kaufhofparkhaus war belegt. In der Straße dahinter fanden sie eine Lücke vor einem Transformatorenhäuschen. Der Rest der schmalen Einbahnstraße war auf einer Seite mit Autos zugeparkt. Ein paar Häuser weiter blickte Grabbe durch die bis hinunter zum Bürgersteig reichenden Fenster in das im Keller gelegene Studio. Es musste recht groß sein, nach der Zahl der Fenster zu urteilen, die sie passierten, bis sie zu einer Treppe gelangten, die hinunter zum Eingang führte. Grabbe ließ Gabi, die sich hier auszukennen schien, den Vortritt. Sie trat mit der Fußspitze ihre Zigarette aus, bevor sie die Tür des Studios aufzog.

Es roch nach Putzmitteln und Schweiß. In eine nicht allzu laute alte Rocknummer mischte sich das Surren von Geräten, Klicken der Gewichte und das keuchende Ausatmen der Sportler.

Die meisten der rund ein Dutzend an den Maschinen trainierenden Männer unterbrachen ihre Übungen, um Gabi per Handzeichen zu begrüßen. Ein älterer Mann in baumwollenem Trainingsanzug kam auf Gabi zu.

»Hallo, Gabi, lange nicht gesehen!«

»Gerd, das ist mein Kollege Grabbe. Grabbe, das ist Gerd, falls du ihn noch nicht kennst. Er hat das Studio schon seit mehr als dreißig Jahren.« Sie wendete sich wieder Gerd zu. »Du hast ja kein Problem mit unserem Besuch.«

»Gabi, du bist uns immer willkommen, noch lieber wär's mir natürlich, wenn du mal wieder zum Training kämst.«

»Mal sehen.« Sie schaute zur Theke hinüber, wo Rocky allein vor einer Tasse Kaffee saß. Grabbe kannte ihn vom Sehen. Sie nahmen neben ihm auf den mit dunklem, etwas rissigem Leder bezogenen Hockern Platz.

Gabi machte sie miteinander bekannt. Gerd brachte ihnen zwei Kaffee und ging dann wieder in den hinteren Teil des Studios, wo er jemandem beim Drücken mit einer schweren Langhantel assistierte.

»*The Who* oder *Deep Purple*?«, fragte Grabbe und deutete auf die große Box oberhalb der Bar.

»*Wishbone Ash*«, anworteten Gabi und Rocky im Chor.

»Grabbe ist unser Theoretiker«, sagte Gabi und knuffte ihren Kollegen in die Seite.

Grabbe beschloss, ab sofort den Mund zu halten. Irgendwie war das hier nicht seine Welt. Ebenso wenig wie die *Neptun*, von der ihm immer noch ein wenig schlecht war.

»Ich brauch noch ein, zwei davon.« Rocky war hinter die Theke gegangen und ließ einen weiteren Kaffee in seine Tasse laufen. Sein Gesicht war blass. Die Haut unter seinen Augen wirkte dünn und faltig wie die eines Leguans. »Ich war zwei Nächte hintereinander nicht im Bett. Das hab ich schon lange nicht mehr gemacht. Früher, da hab ich nur so gelebt. Aber das hält man auf Dauer nicht aus.«

»Und dazu noch die Aufputschmittel.«

»Davon bin ich runter.« Rocky grinste, wobei seine Zahnlücke zum Vorschein kam. »Bis auf Ausnahmen.« Er schlürfte seinen heißen Kaffee. »Früher hab ich nach meinen Touren genauso lang geschlafen, wie ich wach war, aber ...«, er hob die Hand und ließ sie wieder neben seine Tasse sinken, »man wird alt.«

Grabbe betrachtete die verblasste Tätowierung auf Rockys Oberarm. Ein blaugraues geschwungenes, großes Kreuz.

Nur die Musik, das Surren der Geräte, das Klicken von Eisen, Stöhnen und teils zischende Atemgeräusche waren zu hören.

»Warum seid ihr gekommen?« Rocky wippte unruhig mit dem Fuß.

»Deine Nummer wurde heute Nacht beim Notruf aufgezeichnet.« Gabi war die Unruhe des Befragten nicht entgangen.

»So, und du meinst, ich bin noch nicht ganz wach und

sag jetzt, ich hab aber gar nicht von meinem Handy angerufen, sondern ganz diskret das Telefon in einer Kneipe benutzt.« Rockys Zahnlücke erschien wieder.

»Oder die Telefonzelle an der Post in der Fleischstraße«, sagte Gabi. »Ich hab gleich deine Stimme erkannt. Wir können auch einen Sachverständigen für Stimmvergleiche ...«

»Nee, ist schon gut ... das hat man davon, wenn man sich für andere einsetzt.«

Grabbes Blick folgte zwei langen Frauenbeinen in kurzem Rock, die oben an den Fenstern vorbeistöckelten.

Walde nahm die Abkürzung durch ein Kaufhaus, um an der Baugrube vorbei zu den Containern der Bauleitung zu gelangen. Während er ein bis zur Straßenmitte reichendes Gitter umrundete, setzte er seine Schritte exakt zwischen die breiten Fahrspuren im Lehm, die zu den gelben Bürocontainern der Baustellenleitung führten. Über eine Stahltreppe gelangte er zu der ersten Etage der übereinander gestellten Würfel, die so gelb waren wie die Maschinen, die Helme der Arbeiter und alles, was zur Firma gehörte. Die Tür war abgeschlossen. Es gab keine Fenster.

Ein heller Klang von schnellen Schritten auf der Metalltreppe war zu hören. Ein Mann nahm, während er die Treppe hinaufstieg, den gelben Helm ab und fuhr sich mit den gespreizten Fingern links und rechts durch den graumelierten Haarkranz, der seine Glatze umrahmte. Er musste Walde schon vorher gesehen haben, tat aber dennoch so, als sei er überrascht, hier oben vor seinem Büro jemanden anzutreffen.

»Kann ich Ihnen helfen?« Der Mann ging an ihm vorbei und schloss die Tür auf. Drinnen brannte bereits Licht.

»Ich denke schon. Sie sind doch Herr Blanck«, Walde registrierte das Nicken des Mannes. »Mein Name ist Bock, Kripo Trier, wir haben heute Morgen telefoniert.«

Hinter einem der beiden Schreibtische saß eine Frau so unbeweglich, dass Walde sie eine Sekunde lang für eine Puppe hielt. Sie hatte eine Hand an Wange und Stirn, die andere auf dem Touchpad. Ihr halb durch schulterlanges blondes Haar verdecktes Gesicht blieb dem Monitor zugewandt.

»Ich habe es leider sehr eilig.« Der Mann hängte seinen Helm an einen Haken neben der Tür, warf die gelbe Regenjacke über den Stuhl und pflückte ein dunkles Sakko von der Garderobe. »Ich habe gleich einen Termin in Luxemburg.« Er machte keinerlei Anstalten, Walde mit der Frau bekannt zu machen.

»Kennen Sie diesen Mann?« Walde hielt Blanck ein Foto des Toten hin.

Der schaute kurz darauf. »Niklas Domski, was ist mit ihm?«

»Ist er bei Ihnen beschäftigt?«

»Er gehört zum Team.« Der Baustellenleiter nahm seine Brieftasche aus der Gesäßtasche und steckte sie in seine Jacke. »Er arbeitet als Vertreter vor Ort für die Kölner Trading Invest.«

»Und was genau?« Walde bemerkte, dass die Frau von ihrem Rechner aufsah und zu ihnen herüberschaute.

»Alles Mögliche.« Er kramte unter einem Berg Plänen auf seinem Schreibtisch eine kleine Aktenmappe hervor. »Ich muss jetzt los.«

Walde fand eine Visitenkarte in seinem Portemonnaie. Während er sie überreichte, sagte er: »Herr Domski ist heute Morgen tot aufgefunden worden.«

»Er ist tot?« Die Überraschung im Gesicht des Mannes schien echt.

»Melden Sie sich bitte bei mir im Präsidium, sobald Sie zurück sind.«

»Wer ist tot?« Die Frau stand auf und kam um den Schreibtisch herum. Sie trug ein dunkles Nadelstreifenkostüm.

»Darf ich bekannt machen?«, sagte der Baustellenleiter. »Frau Hörmann, Herr Kommissar ...«

»Bock«, ergänzte Walde.

Sie streckte ihm die Hand entgegen und lächelte. Sie hatte schöne Zähne. Vielleicht hatte sie ihr Lächeln sehr gut eingeübt, auf Walde wirkte es echt und sympathisch.

Noch während er darüber nachdachte, verlor das Gesicht der Frau die Spannung. Sie sah auf das Bild.

»Niklas?« Ihr Mund öffnete sich und sie legte ihre Hand darüber. Ihre blauen Augen füllten sich mit Tränen.

»Was genau hat Herr Domski hier in Trier gemacht?«

Sie tupfte mit den Kuppen ihrer Zeigefinger gleichzeitig ihre Augenwinkel. »Er war unser Mann vor Ort, hat sich um Genehmigungen und alles gekümmert, was in der ersten Bauphase so anfällt.«

»Und Sie sind extra aus Köln hergekommen?«

»Was heißt extra?« Ihre Stimme hatte wieder die Festigkeit gewonnen, die Walde von dem Telefonat her kannte. »Hier gab es einen stundenlangen Baustopp. Unser Zeitfenster ist schon eng genug.«

Grabbe vermied es weiter, zu den Bodybuildern zu sehen. Rocky war seit Minuten in Richtung Toilette verschwunden.

»Und wenn er abgehauen ist?«, fragte Grabbe.

»Vom Klo aus gibt es keinen Hinterausgang, und die Fenster sind selbst für ihn zu klein«, sagte Gabi und schob sich eine Zigarette zwischen die Lippen.

»Du willst doch hier nicht rauchen?«

»Doch, das will ich, mache ich aber nicht.« Gabi schob die Zigarette in die Packung zurück. »Und Rocky würde bestimmt auch gerne abhauen, macht er aber nicht. Der ruft jetzt ein paar Leute an, mit denen er heute Nacht vielleicht was gedreht hat oder sagt auf dem Schrottplatz Bescheid, wo das Zeug von der Baustelle gelandet ist.«

»Und das sollen wir dulden?«

»Wir können es nicht verhindern. Meyer wird die Kabelräuber auch ohne unsere Hilfe schnappen – oder auch nicht.« Sie blickte in den Gang zwischen den Geräten, wo Rocky mit wippenden Schritten zurückkam. Unter einer schwarzen Sporthose, mit einem dünnen weißen

Streifen an der Seite, trug er dunkle Basketballschuhe.

»Und, erinnerst du dich?«, fragte Gabi.

»Da ist einer runtergefallen, mehr weiß ich nicht.« Rocky schaute ihr in die Augen. »Vorher hab ich Schritte da oben auf der Treppe gehört.«

»War noch jemand dabei?«

»Keine Ahnung, hab jedenfalls nix davon mitgekriegt.«

»Und wie lange hat es gedauert, bis du angerufen hast?«

Rockys Blick wich ihrem aus. Er sah sich um, als befürchte er, jemand könne mithören. »Eine Viertelstunde, vielleicht.«

Ein schwerer Mann, einen Helm in der einen und eine große Sporttasche in der anderen Hand, kam zur Tür herein. Ein dunkler Schnurrbart zog sich bis hinunter zum Kinn. Unter seinem Shirt wölbte sich ein mächtiger Bauch über der schwarzen Lederhose.

Rocky grüßte den Ankommenden mit erhobener Hand. »Hier trainiert alles, vom Chirurgen bis zum Hartz-IV-Empfänger.« Zu welcher Kategorie der Biker gehörte, ließ er offen.

Grabbe blickte auf die Poster an der Wand, die allesamt Frauen und Männer mit extrem muskulösen Körpern zeigten.

Als könnte er Grabbes Gedanken lesen, sagte Rocky: »Früher hab ich auch mal so aussehen wollen. Da hab ich Powerübungen gemacht, hab alles gefressen, was Muskeln bringen sollte, bis die Leberwerte über 300 waren.« Seine Zahnlücke erschien. »17 bis 20 ist normal. Die Jungen sind taub, wenn man ihnen von Anabolika abrät.«

Grabbe sah nun doch zu den Sportlern. Die Geräte wirkten gut in Schuss, die vierkantigen Gestänge waren weiß lackiert, die meisten beweglichen Teile glänzten chromfarben.

Gabi rutschte vom Hocker. »Sollte dir noch was einfallen, weißt du ja, wo du mich findest.«

*

Während sich Walde auf dem Uferweg zwischen den Autos der Techniker und Streifenwagen zum Aufgang des Landestegs bewegte, klingelte sein Telefon.

»Ich hab was wegen der Immobilie neben der Baugrube herausgefunden, willst du es hören?«

»Klar!« Walde blieb an der Reling der *Neptun* stehen.

»Das Penthouse war laut Grundbuch noch bis vor einem Monat im Besitz des Ehepaars Wohlenberg. Der Mann, Rüdiger Wohlenberg, ist vor einem halben Jahr gestorben, seine Frau Evelyn wohnt seit ein paar Wochen in einem Seniorenheim. Die Wohlenbergs müssen vorher jahrelang den Fortgang der Bauarbeiten an der *City-Passage* aufgehalten haben«, sagte Monika. »Sattler hat die Kisten mit den Papieren im Wagen, er müsste noch an der *Neptun* sein.«

»Ist er noch«, bestätigte Walde. »Danke.«

Waldes Blick folgte den beiden Kabeln, die über die Holzplanken zu der ovalen Tür führten. Obwohl er sich bückte, stieß er sich beim Eintreten in den düsteren Vorraum wieder den Kopf. Die Kabel liefen zur Treppe.

Bevor er hinabsteigen konnte, musste er einem Kollegen der Technik ausweichen, der sich mit einem Karton heraufquälte und erst an ihm vorbeikam, als Walde in einen niedrigen Waschraum auswich. In dem Räumchen befanden sich lediglich drei grüne Keramikwaschbecken mit Spiegeln darüber; die Wände waren braun gekachelt.

Während Walde rückwärts die Treppe hinunterstieg, hörte er von unten die Stimme von Sattler.

Aus einer nur angelehnten Tür fiel ein starker Lichtstrahl in den Flur. Walde klopfte, bevor er die über den Teppichboden schleifende Tür aufzog. In der Kajüte packten Sattler und ein Kollege Kleidung in einen Karton.

»Dieser Niklas Domski muss noch woanders ein Zimmer oder eine Wohnung gehabt haben«, sagte Sattler, als er Walde in der Tür erblickte. »Nach den wenigen Klamotten zu urteilen, die wir hier gefunden haben.«

»Was Besonderes dabei?«, fragte Walde.

»Mir ist nichts aufgefallen, aber wir haben alles eingepackt. Sein ganzer Kram passte in zwei Kisten.« Sattler schob sich an seinem Kollegen vorbei aus der Kajüte in den Flur. »Dafür haben wir einiges an interessantem Material aus dem Penthouse von den Wohlenbergs mitgenommen. Die haben sich ganz schön mit dem Bauträger gezofft.«

Walde nickte. »Hab ich schon gehört.«

»Einen Teil der Akten haben wir runtergeschafft, den Rest holen wir morgen ab, wenn die Treppe gesichert ist, von der der Bewohner dieser Kajüte«, Sattler zeigte auf die Tür, aus der sein Kollege rückwärts eine Kiste hinausbugsierte, »in die Baugrube gestürzt ist. Und wo, wie ich gehört habe, dich fast das gleiche Schicksal ereilt hätte, wenn Gabi ...«

»... hab ich nicht vergessen«, Walde stieß laut seinen Atem aus.

»Sie wurde angesägt.« Sattler grinste Walde an. »Aber sicher nicht, um dir eine Falle zu stellen. Ich tippe mal darauf, dass es dem Säger um die ganze Treppe ging.«

»Schrotthändler?«

»Möglich.« Sattler nickte.

»Das würde bedeuten, dass Domski verunglückt sein könnte«, sagte Walde.

»Und anschließend hat ihn jemand von der Römerbrücke geworfen.« Der Techniker ging auf die Treppe zu. »Wir sehen uns im Präsidium.«

Walde öffnete die angelehnte Tür zur Kajüte. Es roch nach Aftershave. Bis auf die Schlafkoje und das zerknüllte Handtuch über dem Waschschrank sah der Raum aufgeräumt aus. Während Walde die kleine Tür mit dem grünen Glas in der Mitte am Hängeschrank über dem Bett öffnete und auf zwei leere Regalfächer starrte, dachte er nach. Jemand hatte verhindern wollen, dass Domskis Tod mit der Baustelle in Verbindung gebracht wurde. Und das wäre auch gelungen, wenn nicht gleich zwei Zufälle eingetreten wären. Erstens der

Zeuge, der den Notruf getätigt hatte, und zweitens der Umstand, dass Domski ausgerechnet auf den Brückenpfeiler stürzte und dort liegen blieb.

Durch das Bullauge sah Walde über die Wasserfläche zu den großen Steinen am Ufer der Insel, auf denen sich eine Möwe niedergelassen hatte.

*

Außen am Lokal gab es keinen Hinweis auf den *Tangoclub 96*. Der Parkplatz war voll. Gabi musste ein Stück weiter die Straße hinunterfahren, bis sie eine Lücke für ihren Wagen fand.

Sie wunderte sich, als sie eintrat. Bis auf den Wirt hinter der Theke war der große Gastraum leer. Die Einrichtung mit den großen Kupferkesseln, von denen blitzblanke Rohre zum Ausschank liefen, war von dem ehemaligen Brauereiausschank zurückgeblieben. Gabi nahm auf einem der ebenfalls kupferfarbenen Hocker an der Theke direkt neben dem porzellanverzierten Ausschank Platz. Der kräftige Mann mit dem kurzen Vollbart grüßte nur knapp. Mit flinken Bewegungen zapfte er Getränke, nahm Flaschen aus der Kühlung, füllte Glas um Glas.

Es roch nach Essen. Von irgendwoher kam Musik.

Auf der anderen Seite des Raums schwang eine Tür

auf, und ein Kellner in weißem Hemd und dunkelblauer Schürze, die ihm bis zu den Schuhen reichte, brachte ein Tablett mit leeren Gläsern herein, schnappte sich das volle und verschwand gleich wieder damit. Kurz darauf kam mit schnellen Schritten eine junge Frau herein. Über der weißen Bluse trug sie ebenfalls eine dunkelblaue Schürze, die oben mit einem kupfernen Gliedergürtel zusammengebunden war.

Ein heller Klingelton ließ Gabi zu einer geöffneten Holzklappe sehen, aus der dampfende Teller geschoben wurden. Sie bewunderte, wie die Bedienung es fertigbrachte, ein halbes Dutzend Teller auf einmal zu tragen. Wenn sie so recht überlegte, hatte sie seit dem Kuchen am Morgen den ganzen Tag über nichts mehr gegessen. Geburtstage gehörten seit ihrer Kindheit nicht zu den Ereignissen, denen sie größere Bedeutung beimaß, aber ein warmes Essen hatte sie sich schon verdient. In der Karte suchte sie sich als Aperitif einen Sekt mit Weinbergspfirsich aus. Als sie bestellte, schaute der Wirt sie nicht einmal an, sondern zeigte mit einem kurzen Nicken, dass er verstanden hatte.

Auf dem Weg zur Toilette kam sie an der offenen Tür zum Biergarten vorbei, wo es hoch herging. Wieder war es ein sommerlich milder Abend. Gabi überlegte einen Moment, ob sie sich draußen einen Platz suchen sollte, besann sich dann aber. Schließlich war sie hergekommen, um mit dem Wirt zu reden.

Als sie wieder auf ihrem Hocker Platz nahm, war das Getränk bereits serviert. Der Wirt hantierte weiter geschäftig, während Gabi den Sekt trank.

Irgendwo in der Nähe stimmte ein unsichtbarer Chor Happy Birthday an.

»Wäre nicht nötig gewesen«, murmelte Gabi.

»Noch einen?«, fragte der Wirt.

Als sie nickte, schenkte er ihr nach. »Geht aufs Haus.«

»Wie komme ich zu der Ehre?«

»Sie haben doch auch Geburtstag, oder hab ich mich eben verhört?«

Darauf wollte sie keine Antwort geben, sah aber die Möglichkeit, mit dem Wirt ins Gespräch zu kommen. Sie bemühte sich, ihre Stimme so belanglos wie möglich klingen zu lassen: »Eigentlich hab ich hier den Niklas treffen wollen.«

»Der ist noch nicht da«, kam überraschend die Antwort. »Normalerweise kommen die vom Club nur dienstags und freitags her, aber heute feiert hier einer von denen seinen Geburtstag.« Der Wirt stellte volle Gläser auf ein Tablett. »Dafür war gestern überhaupt nix los.«

Gabi nahm ihr Glas und prostete dem Wirt zu. »War der Niklas denn gestern da?«

»Nur kurz, ist auch früh wieder weg.«

»Mit wem?«, rutschte es ihr heraus.

»Sind Sie Privatdetektivin?«

»Sehe ich so aus?«

*

Das Erste, was Walde in der Diele ins Auge fiel, war die *Financial Times* auf der Kommode. Hatte sich Doris womöglich bei einer Bank in Luxemburg beworben? Die Zeitung schien noch unberührt. Auf dem weißen Schild mit der Postadresse stand sein Name.

»Warum hast du die Zeitung auf mich bestellt?«, rief er in Richtung der offenen Küchentür, wo Geschirr klapperte.

»Welche Zeitung?«, fragte Doris.

»Die *Financial Times.*«

»Was soll ich mit der? Ich hab mich schon gewundert, warum du sie abonniert hast. Da ist auch ein Päckchen gekommen.«

Es stand hochkant auf dem Boden an den Schrank gelehnt. Walde nahm es und las seinen Namen im Adressfeld. Auf dem Weg in die Küche rüttelte er das Paket neben seinem Ohr. Er küsste Doris im Vorbeigehen in den Nacken. Sie räumte weiter die Spülmaschine aus, während er sich an den Tisch setzte und das Paket öffnete. Es enthielt eine CD mit Panflötenklängen.

»Scheint was Meditatives zu sein«, sagte er. »Davor waren es Münzen. Das hab ich noch gar nicht aufgemacht. Ich hab das Gefühl, da bestellt jemand irgendwelchen Kram auf meinen Namen.«

»Und wenn deine Adresse in irgendeine Bestellkartei geraten ist?«

»Keine Ahnung.« Walde bemerkte Quintus' großen Kopf vor dem Fenster. »Was macht Annika?«

»Schläft.«

Walde holte Klebeband aus einer Schublade und versuchte, damit das Paket wieder zu verschließen. »Schon was von der Bewerbung gehört?«

»Nein, das kann ein paar Tage dauern.« Sie klappte die leere Maschine zu, blieb aber stehen. »Mit den Führungen bei der Touristinfo bin ich im Moment gut ausgelastet.«

Walde versuchte, seine Unkenntnis zu überspielen. »Welchen Eindruck hattest du?«

»Scheint eine geschäftstüchtige Frau zu sein, die die Agentur betreibt. Aber das kenne ich ja schon: Neu, innovativ, gute Presse und am Ende erfolglos.«

»Und was bietet die Agentur konkret an?«

»Hab ich dir doch gesagt«, ihr Blick wurde kritisch. »Alles, von Eventmanagement bis zu Stadt- und Erlebnisführungen. Die Frau kann sich verbal sehr gut verkaufen. Eigentlich sucht sie eine Grafikerin und keine Modedesignerin, aber meine Chancen stehen nicht schlecht.«

Draußen stupste Quintus mit der Schnauze ans Fenster.

»Ich glaub, ich geh noch eine Runde mit ihm zur Mosel runter.« Er stand seufzend auf.

*

Das Essen war nicht besonders gut gewesen. Wenigstens schmeckte nun die Zigarette und auch der Rotwein, zu dem Gabi nach dem dritten Kir gewechselt hatte. Sie warf einen Blick auf die Mailbox ihres stumm gestellten Mobiltelefons. Außer einem weiteren verpassten Anruf ihrer Mutter war nichts drauf. Auf was sie im Moment am wenigsten Lust hatte, war ein Gespräch mit dieser Frau, die wieder fragen würde, ob noch Aussicht auf Enkel bestünde.

Sie spürte einen Blick und schaute beim Verstauen des Handys auf. An der angrenzenden Seite der Theke stand gegenüber dem Wirt ein Mann und lächelte sie an. Im ersten Moment hielt sie ihn für einen Clown, der womöglich für die Geburtstagsfeier engagiert worden war. Das kam von der übergroßen bunten Fliege, die er trug. Jedenfalls hatte er keine rote Nase.

Sie musste zurückgelächelt haben, denn der Mann kam um die Theke herum auf sie zu. Er trug einen grauen Anzug und braune Halbschuhe. Ein wenig hatte sie doch noch Ringelsocken und Schuhe Größe 54 erwartet. Vielleicht waren es auch die leicht geröteten und leicht pausbäckigen Wangen, die dem Mann etwas Clowneskes gaben.

»Ich hab gehört, dass Sie ebenfalls heute Geburtstag haben.« Sein Lächeln war offen und sympathisch.

Gabi drückte ihre Zigarette aus. Sie war gewiss nicht

auf den Mund gefallen, aber ihr fiel keine Antwort ein.

»Martin Kotte.« Der Mann streckte ihr die Hand entgegen. Als sie sie ergriff, sagte er: »Herzlichen Glückwunsch ...«

»Gabi, ebenfalls Glückwunsch.« Im selben Moment, in dem sie vom Hocker aufgestanden war, ärgerte sie sich darüber, stellte aber fest, dass sie ein klein wenig größer als Martin war. Sie sah auf die von kleinen Löckchen umrahmte Glatze. Die Farbe des Haars und seines Kinnbartes lag zwischen blond und rot.

»Darf ich dich um einen Tanz bitten?«

»Ich hab noch nie Tango getanzt.«

»Macht nichts, heute ist kein Tangoabend. Ich muss vorher nur mal schnell für große Jungs.«

Während sie ihren Wein austrank und zahlte, verkniff sie es sich, den Wirt zu diesem Martin Kotte auszufragen. Die Zeit hätte auch nicht ausgereicht, denn er kam gleich wieder zurück und führte sie an der Hand durch den Flur zu einer Schiebetür. Sie gelangten in einen großen Raum. Die Musik war lauter, als sie erwartet hatte. Tische standen in U-Form um eine Tanzfläche, im hinteren Bereich war ein Buffet aufgebaut. Die meisten der durchweg chic gekleideten Gäste, die Männer im Anzug, viele Frauen im kleinen Schwarzen, schienen zu tanzen.

»Sollen wir?« Martin hatte schon ihre rechte Hand gefasst und die andere Hand um ihre Taille gelegt. »Das ist ein Cha-Cha, auch was Lateinamerikanisches, eins, zwei ...« Während er anzählte, setzten sie sich in Bewegung. Gabi tanzte, ohne dass sie den Eindruck hatte, selbst die Befehle an ihre Beine weiterzugeben. Martin roch gut. Er schob sie in die eine und andere Richtung, sie tanzten auseinander, wieder zusammen. Er ließ sie eine gewagte Drehung ausführen, und prompt kam sie ins Straucheln.

»Du kannst das, nur nicht mit diesen Schuhen!«

Er brachte ihre Pumps zusammen mit ihrer Handtasche an einen Tisch. Auf Strümpfen war es für sie einfacher, sich über das glatte Parkett zu bewegen. Sie musste auch nicht mehr fürchten, Martin schmerzhaft auf die Füße zu treten.

»So eine Musik hab ich gar nicht erwartet. Von wem ist das Stück?«

»Das ist *Carlos Santana*. Du hast wohl melancholische Bandoneonklänge erwartet?«

Gabi stellte fest, dass ihr Tanzpartner nun, da sie keine hohen Absätze mehr trug, ein klein wenig größer war als sie.

Donnerstag

Als Walde am Morgen in ihr Büro kam, saßen Gabi und Grabbe schweigend vor ihren Monitoren.

»Das Blut von der Baustelle stimmt mit hoher Wahrscheinlichkeit mit dem des Opfers überein.« Grabbe strahlte. »Und ich hab die Adresse von Frau Wohlenberg.«

Er wedelte mit einem kleinen Zettel in seiner Hand. Walde nahm die Notiz entgegen und wendete sich zu Gabi. »Ist wohl heute Nacht spät geworden?«, fragte er seine Kollegin, die, den Kopf in die Hand gestützt, unbewegt auf ihren Monitor starrte.

»Es ging.« Sie wandte langsam ihr Gesicht in seine Richtung.

»Du hast noch gefeiert?«

»Wenn man Ermittlungen neuerdings Feiern nennt«, brummte sie.

Monika kam herein und ließ die Tür lautstark zufallen.

»Nicht so heftig, bitte!«, murmelte Gabi.

»Sie hatte anstrengende Ermittlungen«, raunte Walde ihr für alle hörbar zu.

Monika ging zu Gabi und beugte sich neben ihr zum Monitor, während sie ihr zuflüsterte: »Du warst also tatsächlich dahin, zu dem Tangoverein?«

Gabi nickte, schloss gequält die Augen und rieb sich die Schläfen.

»Ich dachte, die haben nur dienstags und freitags ...”

»Ich wollte nur mit dem Wirt sprechen, der Niklas Domski hat da tatsächlich dazugehört. Es gab eine Geburtstagsparty von einem der Mitglieder im Tangoclub, und da bin ich hineingeraten.«

»Und was hast du rauskriegen können?«, fragte Monika.

Gabi schwieg eine Weile. »Also, ich habe die Ermittlungen dann einstellen müssen.«

»Aha.«

»Guck nicht so blöd, ich hatte Geburtstag und hab ein wenig gefeiert und getanzt.«

»Und getrunken«, ergänzte Monika.

»Das auch, und einen netten Mann kennen gelernt.« Sie legte beide Hände flach auf die Tastatur. »Ich hab ihn schon gecheckt. Er ist tatsächlich nicht verheiratet und hat sich, soweit ich das sehen kann, bisher strafrechtlich nichts zuschulden kommen lassen.«

»Und wer ist der Glückliche?«

»Martin, ein begnadeter Tänzer«, schwärmte Gabi. »Er hat mir ein paar Tangoschritte beigebracht. Diesen Slow-Quick-Quick-Rhythmus hab ich schon drauf.« Ihre Leidensmiene hellte sich zusehends auf. »Er ist wirklich nett und obendrein noch Arzt mit eigener Praxis.«

»Quick was?«, fragte Monika so laut, dass Walde und Grabbe vom Monitor aufblickten, über den sie sich im Gespräch gebeugt hatten.

»Wir sind leider bei der Tangowiege im Bad gestürzt.«

»Aha, klar, Tangowiege im Bad, so was kann passieren«, flüsterte Monika lakonisch. »Vielleicht hätte ich doch mitgehen sollen, um das Schlimmste zu verhindern.«

Gabi zuckte mit den Schultern. »Ich bin auf jeden Fall morgen Abend wieder im Tangoclub.«

Gabi meinte, frische Luft würde ihr gut tun, und bot Walde an, ihn hinaus zum Seniorenheim von Frau Wohlenberg zu begleiten.

Während sie stadtauswärts über die Römerbrücke fuhren, sagte Walde: »Zufällig kommen wir durch den Unfall auf der Baustelle der *City-Passage* einer Geschichte auf die Spur, die fast schon perfekt abgewickelt war.« Er blickte nach rechts über die Mosel auf die Kaiser-Wilhelm-Brücke und die mächtigen roten Felsen dahinter und richtete seinen Blick dann nach links, bevor sie den Pfeiler passierten, auf dem der Tote gefunden worden war. »Jemand hat Domski von der stadteinwärts führenden Seite der Römerbrücke geworfen. Das heißt: Entweder haben die Täter auf der anderen Seite angehalten, wofür es keinen plausiblen Grund gibt, oder sie sind zuerst stadtauswärts gefahren und dann wieder zurückgekommen.«

»Weil bei der ersten Fahrt über die Brücke vielleicht zuviel Verkehr war und sie dann beim zweiten Versuch, bei der Rückfahrt, ungestört waren?«

»Ist möglich«, überlegte Walde. »Ich hätte ihn ganz woanders in die Mosel befördert. Es gibt eine Menge diskretere Stellen.«

»Ortsunkundige oder Amateure«, sagte Gabi.

Auf den letzten Metern zur *Waldresidenz* überholten sie eine alte Frau, die in Trippelschritten ihren Rollator vor sich herschob.

Das große ockerfarbene Jugendstilgebäude mit den runden, von dunkelgrünem Schmiedeeisen eingefassten Brüstungen und Balkonen hatte durch die Umwandlung in ein anspruchsvolles Seniorenheim nichts von seiner herrschaftlichen Ausstrahlung eingebüßt.

Als sie auf den verglasten Eingangsbereich zugingen, erhob sich an einem der Tische, die nebenan vor einem ins Haus integrierten Café standen, eine dunkel gekleidete ältere Frau und winkte ihnen zu. »Wollen Sie zu mir?« Ihre Stimme klang ein wenig heiser.

Sie reichte beiden die Hand und lud sie an ihren Tisch ein. »Mein Appartement ist noch nicht so hergerichtet, dass ich dort Besuch empfangen möchte, und bei diesem herrlichen Wetter ist es hier draußen angenehmer.« Sie trug eine dreifache Perlenkette über der schwarzen Bluse. Ihre Haltung war sehr gerade. Einen Augenblick lauschten sie dem Vogelgezwitscher.

»Bei mir zu Hause, unten in der Stadt, hab ich zwar bei schönem Wetter den ganzen Tag Sonne gehabt, aber auch Verkehrslärm und Krach.« Ihre mageren Hände hoben sich. Am linken Ringfinger trug sie zwei Eheringe übereinander, am rechten einen dicken Brillanten. »Und wenn Vögel zu hören waren, dann nur das grässliche Gurren der Tauben.«

Sie winkte der Bedienung und beugte sich konspirativ zu Gabi und Walde hinüber: »Ich achte hier ganz besonders darauf, dass ich nur das bestelle, was mir auch gut schmeckt. Die Hilde«, sie deutete auf die Bedienung mit dem kleinen hellen Schürzchen über dem schwarzen Rock, die auf den Tisch zukam, »die merkt sich das ganz genau. Die kennt die Lieblingskuchen von allen Residenten, die sich nicht mehr daran erinnern können. Und, Gott behüte, ich bin zwar erst 75, aber falls die Demenz auch mich mal erwischen sollte, hab ich wenigstens die Gewissheit, hier unten im Café noch meinen Lieblingskuchen zu bekommen.«

Als die Kellnerin ihren Block zückte, bestellte Frau Wohlenberg: »Drei Kaffee und für mich das, was ich um diese Zeit immer esse.« Als die Bedienung ging, zwinkerte die alte Dame Walde zu. Der nutzte die Gelegenheit, um den Redefluss in eine andere Richtung zu lenken. »Haben Sie sich schon häuslich eingerichtet?«

»Einrichten ist zu viel gesagt, ich konnte ja nur einen kleinen Teil meiner Möbel mitnehmen. Aber ich rücke noch hin und her. Vielmehr der Thomas macht das. Und erst wenn ich genau weiß, dass alles so stehen bleibt, werden die Bilder aufgehängt. Thomas meint ja, nach vier Wochen sollte ich so langsam wissen, was wohin gehört.«

»Der Thomas, das ist Ihr ...«

»Mein Neffe, er hat eine Menge Geduld mit mir.«

Die Kellnerin brachte den Kaffee und stellte ein Croissant vor Frau Wohlenberg.

»Das Mittagessen gibt es ziemlich früh, daran habe ich mich noch nicht gewöhnt.« Sie schaute auf ihre Uhr. Walde sah Weißgold, mit Brillanten eingefasst.

»Wir sind wegen Ihrer alten Wohnung gekommen, dem Penthouse.«

»Tut mir leid.« Die Haltung der Frau wurde noch eine Spur gerader. »Dieses Kapitel ist für mich abgeschlossen. Darüber möchte ich nie wieder sprechen.«

»Es geht nicht um den Rechtsstreit, wenn Sie das meinen. In Ihre Wohnung ist wahrscheinlich letzte Nacht eingebrochen worden. Jemand ist dabei die Treppe hinabgestürzt. Kennen Sie vielleicht einen Niklas Domski?«

»Nein, nie gehört, den Namen, aber was sollte jemand jetzt noch in der Wohnung suchen?«

»Eigentlich wollten wir das von Ihnen wissen.«

Wenig später verabschiedete sich Frau Wohlenberg, nachdem sie der Bedienung signalisiert hatte, sie solle die Rechnung anschreiben.

Walde blieb sitzen, weil Gabi noch eine Zigarette rauchte. »Ich kann die Frau verstehen, das war ein jahrelanger Ärger, den sie mit ihrer Wohnung hatte. Ihr Mann ist darüber gestorben. Weißt du, wie lange der schon tot ist?«, fragte Gabi.

»Ich glaube, Grabbe sagte was von drei Monaten.«

»Und Frau Wohlenberg hat dann letztlich nachgegeben.« Gabi drückte die Kippe in den Aschenbecher. »Was sollte sie auch ganz allein da oben in dem Penthouse?«

»Darf ich Ihnen noch was bringen?«, fragte die Kellnerin.

»Stimmt es, dass Sie sich die Lieblingskuchen Ihrer Gäste merken?«, wollte Gabi wissen.

»Ja, manchmal «, die junge Frau schmunzelte, »aber Frau Wohlenberg hat das noch längst nicht nötig.«

Auf dem Weg zum Auto klingelte Waldes Telefon.

»Da ist nichts mehr,« meldete Sattler.

»Wo ist nichts mehr?«

»Das ist total bekloppt hier, auf der Baustelle, das Penthouse ...« Die normalerweise ruhige Stimme des Technikers überschlug sich.

»Hat jemand die Akten geklaut?«

»Da oben liegen nur noch Trümmer. Die reißen die Bude ab!«

»Das gibt's doch nicht!« Walde winkte Gabi und setzte sich ins Auto. »Wir kommen!«

Noch bevor Gabi den Motor ausgeschaltet hatte, sprang Walde aus dem Wagen. Sattler hatte auf ihn gewartet und zeigte nun stumm zu dem Gebäude, wo sich zwischen Staubwolken ein Bagger in die Mauern grub.

Walde nahm im Laufschritt die Stufen zu den oberen gelben Containern. Ohne anzuklopfen riss er die Metalltür auf.

»Ist Ihnen klar, was Sie mit dem Abriss des Gebäudes angerichtet haben?«, brüllte er Susanne Hörmann an. »Die Technik hatte noch nicht alle Spuren gesichert, außerdem war die Wohnung versiegelt!«

»Tut mir leid, uns blieb leider keine Wahl. Das Gebäude war akut einsturzgefährdet.« Winzige Fältchen erschienen auf ihrer Oberlippe. »Wir mussten handeln, um unsere Leute und das Leben anderer nicht zu gefährden.«

»Das gibt Ihnen noch längst nicht das Recht, sich über polizeiliche Anweisungen hinwegzusetzen.«

»Das haben wir auch nicht getan.«

»Wie soll ich das verstehen?«

»Das Präsidium wurde gestern Nachmittag über die Situation in Kenntnis gesetzt. Polizeipräsident Stiermann persönlich hat dem Abriss zugestimmt.«

»Wie bitte?«

Ihre Lippen waren nur noch dünne Striche. »Wenn man Sie intern nicht informiert hat, ist das bedauerlich.« Ihr Tonfall ließ jedes ihrer Worte in Waldes Ohren schmerzen.

Unten auf der Straße, wo Gabi und Sattler auf ihn warteten, blieb Walde stehen. »Das hat uns der Stiermann eingebrockt!« Er zog schnaufend Luft ein. »Und die Trauer um Domski war bei der Hörmann nur geheuchelt.« Walde hätte sich wohin beißen können, als er daran dachte, dass er die Managerin nach der Todesnachricht mit seinen Fragen verschont hatte. Er nahm sein Mobiltelefon heraus.

»Wen rufst du an?« Gabi legte ihm eine Hand auf den Unterarm.

»Ja, wen schon, du wirst doch noch wissen, wer unser Vorgesetzter ist!« Er schüttelte ihre Hand ab.

»Warte noch einen Moment!«

»Worauf soll ich warten?«

»Bis du dich etwas abgeregt hast.«

»Ich möchte nur prüfen, ob es stimmt, was mir Frau Hörmann gesagt hat.«

»Okay, das kann ich ebenso gut tun.« Sie nahm ihm das Telefon aus der Hand. »Und wenn es so ist, frag ich nicht, welche Gegenleistung der Chef von Dreck und Pest erhalten hat.«

Im Hof des Präsidiums setzte Meyers Wagen zurück. Gabi nutzte die Gelegenheit und stieß in die Parklücke. Meyer wartete, bis Gabi und Walde ausgestiegen waren. Während er die Scheibe an der Tür herunterdrehte, entwich eine Rauchschwade aus dem Wageninneren. »Habt ihr schon von dem Abriss gehört?«

Walde nickte. Er spürte, wie der Ärger wieder in ihm hochstieg.

»Wo fährst du hin?«, fragte Gabi.

»Ich hab gesteckt bekommen, dass ein größerer Posten Kupferkabel bei einem Schrotthändler aufgetaucht sein soll.«

»Kann ich mitkommen?« Gabi ging um die Motorhaube und stieg ein.

Als Walde das vertraute Klappern von Stiermanns metallbeschlagenen Sohlen auf dem Flur näherkommen hörte, war er für einen Moment versucht, sich in ein x-beliebiges Zimmer zu flüchten. Bis zur Biegung waren es aber nur noch wenige Meter, und da sah er auch schon das joviale Lächeln, das der Polizeichef in Sekundenbruchteilen auf sein Gesicht projizieren konnte. »Das trifft sich gut, Herr Bock. Wenn Sie einen Augenblick Zeit für mich hätten?«

Walde brachte nur ein Nicken zustande und folgte seinem Chef.

Sie gingen durch das verwaiste Vorzimmer. Im Zimmer des Präsidenten nahm Walde vorsichtig in der weichen Sitzgruppe Platz, in die er tief einsank. Als Erstes fiel ihm ein neues großes Bild ins Auge, das hinter dem Schreibtisch des Polizeipräsidenten hing.

»Gefällt es Ihnen?« Stiermann war dem Blick seines Besuchers gefolgt.

Walde erkannte in den statischen Farbflächen mehrere Zahlen.

»Interessant«, sagte er und fügte an, »und sehr rational.«

»Jaja!« Stiermann scharrte leise mit den Stiefeln. Es wäre etwas zu viel von seinen Beamten verlangt, auch noch über Kunstverstand zu verfügen.

»Kommen wir zum Grund, weswegen ich Sie zu mir gebeten habe.«

Walde spürte erneut den Groll in seinem Inneren rumoren. Er war froh, dass Gabi ihn vor ein paar Minuten davor bewahrt hatte, in der ersten Rage mit dem Präsidenten zu telefonieren und womöglich etwas Unüberlegtes zu sagen. Deshalb hielt er sich nun auch zurück und überließ Stiermann die Initiative.

»Es geht um die Baustelle der *City-Passage.*« Die Worte hörten sich an, als müsste Stiermann sie einzeln herauspressen.

Dennoch konnte Walde nicht anders, als zu bemerken: »Die Baustelle interessiert mich nicht.«

»Diesen Eindruck habe ich allerdings auch.« Stiermanns Stimme war leiser geworden, als spreche er zu sich selbst. »Ich bin sicher der Letzte, der die Bedeutung der Polizeiarbeit ...«

»Und auf die konzentriere ich mich ausschließlich.« Walde wusste, dass Stiermann nichts mehr hasste, als unterbrochen zu werden, aber er war einfach nicht in der Stimmung, sich diese öden Allgemeinplätze anhören zu wollen. Er war bei der Arbeit und nicht auf einer Parteikundgebung.

Stiermann setzte sich gerade auf, knallte die Schuhspitzen auf den Boden, rückte den Bildband über Texas an den Tischrand, scharrte noch mal mit den Schuhen, bevor er noch leiser sagte: »Es geht um die Verhältnismäßigkeit, ich möchte die Geschichte nicht zu sehr hochkochen.«

»Was heißt hochkochen?«, entgegnete Walde. Sein Mund war trocken, er hätte gerne was getrunken, aber der Präsident hatte ihm nichts angeboten.

»Muss ich Ihnen erklären, welche Bedeutung dieses Großprojekt für unsere Stadt hat?«

»Ein Mensch ist zu Tode gekommen.«

»Ein wirklich bedauerlicher Unfall.«

»Bei den Umständen kann man nicht ...«

»Ja, ja, der Tote wurde bedauerlicherweise an einen anderen Ort verbracht.« Stiermanns Gesichtszüge nahmen einen am Bösen in der Welt leidenden Ausdruck an.

»Und durch den Abriss des Penthouse haben sich unsere Chancen verringert herauszufinden, was dahinter gesteckt hat.«

»Oberstaatsanwalt Roth ist der Meinung, dass die Durchsuchung der ehemaligen Wohnung der Familie Wohlenberg nicht ganz einwandfrei war.« Wieder knallte er die Spitzen seiner Stiefeletten auf den Boden. »Schwamm drüber! Wo kein Kläger, da kein Richter.«

Das sah dem Präsidenten ähnlich. Er hatte sich Rückendeckung von der Staatsanwaltschaft geben lassen, und Walde saß zwischen allen Stühlen.

*

Meyer parkte unterhalb der Bahnrampe, wo zahlreiche Pritschenwagen der Schrotthändler hintereinander vor der Lkw-Waage warteten. Weiter vorn wurde geräuschvoll abgeladen, teils mit Kränen, teils standen Männer auf den Wagen und warfen das Altmetall auf die sich in der Farbe unterscheidenden Hügel, von denen Gabi annahm, dass es sich um unterschiedliche Metallsorten handelte.

Während Meyer zu einer Baracke neben der Waage strebte, erklomm Gabi die Rampe und ging an dem letzten Wagen in der Schlange vorbei. Er war hoch beladen. Die Bracken waren von der Last nach außen gewölbt. Oben auf einem Schrotthügel stand ein Kleinwagen. Durch seine Frontscheibe hatte sich der Arm eines Krans gebohrt, um ihn am Abrutschen zu hindern.

Nebenan auf einem der Bahngleise fuhr langsam eine rote Diesellok mit offenen Waggons vorbei.

Am Führerhaus des Lasters waren die Scheiben heruntergedreht. Drinnen war niemand zu sehen. Erst im dritten Wagen entdeckte Gabi jemanden auf dem Beifahrersitz. Es war Rocky, der, die Beine auf das Armaturenbrett gelegt, in ein Taschenbuch vertieft war.

Als sie auf den Tritt an der Fahrerseite stieg, um Rocky zu begrüßen, erschien gleich die Zahnlücke in dem grinsenden Mund des Mannes. Seine Augen blieben ernst.

»Darf ich?«, fragte Gabi, öffnete die Wagentür, strich Krümel von dem speckigen Polster und ließ sich auf dem Fahrersitz nieder. Rocky klappte das Buch zu, wobei er den Zeigefinger zwischen den Seiten stecken ließ. Er setzte sich auf und schaute nach vorn zu seinen Kumpels, dann ließ er sich wieder in den Sitz sinken und legte die Füße hoch.

»Sowas lese ich auf Schrotttouren«, sagt er, als er Gabis Blick auf das Cover des Schmökers bemerkte. »Kafka oder Tolstoi kämen bei meinen Kollegen hier nicht so gut an.«

Gabi glaubte ihm kein Wort. Von ihrer erhöhten Position aus konnte sie sehen, dass die Schrotthändler weiter vorn mit Bierflaschen in den Händen zusammenstanden.

»Bei all dem Scheiß, den ich im Knast gelernt hab, war das Lesen etwas, das mir bis heute über vieles hinweggeholfen hat.«

Neben'an auf den Gleisen des Rangierbahnhofs rollten einzelne Waggons vorbei. Gabi zündete sich eine Zigarette an und hielt sie nach dem ersten Zug aus dem Wagenfenster.

»Nicht gerade diskret, hierher zu kommen.«

»Das war Meyers Idee, der weiß gar nicht, dass wir miteinander geredet haben. Ich bin nur mitgekommen, weil ich heute viel frische Luft brauche.«

»Haste gestern einen draufgemacht?« Sie sah Rockys Zahnlücke. Diesmal war auch das Lächeln in den Augen echt.

»Ich hatte was zu feiern, du Blödmann.« Sie nahm einen Zug an ihrer Zigarette und blies den Rauch aus dem Fenster. »Außerdem hab ich nicht damit gerechnet, dass du unter die Lumpenhändler gegangen bist.«

»Ich bin heute eingesprungen. Seit es den Job im Parkhaus nicht mehr gibt, schlage ich mich halt mit so was durch.«

»Hoffentlich nicht bei einem der Kupferräuber von der Baustelle.« Sie verjagte eine Fliege vom Lenkrad, die nun auf Rockys Laufschuh landete. Er beobachtete sie aufmerksam.

»Mit so einer Mücke hab ich mal geredet. Die war das einzige Lebewesen, mit dem ich über Wochen engeren Kontakt haben durfte. Ich war damals sechzehn und zum ersten Mal geschnappt worden.« Rocky nahm eine offene Coladose aus einem Getränkehalter. »In Frankreich, wir hatten ein Auto geklaut, von den Eltern, also nicht von meinen, die hatten nie eins. Von einem Kumpel. Wir wollten nach Spanien. Total bekloppt. Wir kamen nur bis in ein Bordell in Thionville.«

»Was hat das jetzt mit der Fliege zu tun?«

»Die Franzosen haben uns den deutschen Bullen übergeben. Ich kam zum ersten Mal in die JVA Wittlich, zuerst in den Jugendknast, das ging noch, wurde dann aber zu den Erwachsenen gesteckt, weil sie mich angeblich von meinen Mittätern isolieren wollten. Ich hab allein in der Zelle gesessen.«

Gabi zuckte zusammen, als es nebenan einen lauten Knall gab. »Jeder Häftling hat doch ein Recht auf Hofgang?«

»Ich durfte meine Runden ganz allein im Hof drehen. Und manchmal haben mich noch ein paar Deppen aus ihren Zellenfenstern beschimpft. Tag und Nacht hab ich allein in meiner Zelle gehockt. Vergiss nicht, ich war sechzehn. Ich hab mehr gelesen, als mancher Literaturstudent an der Uni. Die Bücher hab ich gar nicht mehr in Seiten, sondern in Zentimetern gemessen. Ein halber Meter im Monat war das Minimum.«

Die Fliege stupste brummend an der Scheibe entlang.

»Was war mit der Mücke?«, fragte Gabi.

»Ich hab praktisch wochenlang mit niemandem geredet. Auch keine Post bekommen, obwohl ich fast täglich an meine Eltern geschrieben hab. Die Schweine in der Staatsanwaltschaft haben die Briefe nicht weitergeleitet. Außer den Ausspeisern und den Schließern hab ich niemanden zu Gesicht bekommen. Die Mücke hat mir Gesellschaft geleistet, ein paar Tage lang. Ich hab sie gefüttert.«

»Wie lange?«

»Ein paar Tage.«

»Nein, ich meine, wie lange warst du drin?«

»Vier Monate und eine Woche, dann hatte ich Verhandlung.«

»Dann bist du erst rausgekommen?«

»Nee, es gab achtzehn Monate, aber in normaler Strafhaft. Die hab ich übrigens komplett abgesessen. Wie alle Strafen danach auch. Ich hab mich nie auf einen Zweidrittelhandel mit Bewährung eingelassen.«

»In weiser Voraussicht«, sagte sie. »Eine Bewährung hättest du nie überstanden.«

»Ich bin seit über zehn Jahren clean.« Ein wenig Entrüstung schwang in seiner Stimme mit.

»Sagen wir mal so, du bist zwar aufgefallen, aber wir haben dich in Ruhe gelassen.«

»Waren doch höchstens Peanuts.«

»Das kann man von vorgestern Nacht nicht unbedingt behaupten.«

»Aber da hab ich nix mit zu tun und weiß auch wirklich nicht mehr, als ich dir schon gesagt hab.«

»Falls du was hören solltest, weißt du ja, wo du mich finden kannst.« Sie öffnete die Tür und kletterte aus dem Führerhaus. »Man sieht sich.«

Vorn standen die Männer immer noch zusammen. Gabi entschied sich, auf demselben Weg, auf dem sie gekommen war, zu Meyers Wagen zurückzugehen. Als sie das Ende der Rampe erreichte, fuhr nebenan ein zweistöckiger Personenzug mit grellbuntem Graffiti vorbei. Ein Luftzug wirbelte vom Schotter neben den Schienen Papierchen und Plastikfetzen auf.

An den Wagen ihres Kollegen gelehnt, steckte sich

Gabi eine weitere Zigarette an und notierte sich die Nummer von Rockys Laster. Vorne kam Bewegung in die Reihe der Schrottwagen. Sie sah, dass einige der Männer an der Kante der Rampe entlang zu ihren Wagen zurückgingen.

Überraschenderweise ließ sich die Beifahrertür von Meyers Wagen öffnen. Gabi setzte sich hinein. Trotz jahrzehntelanger Erfahrung im Dezernat Eigentumsdelikte schien sich Meyer eine Menge Gottvertrauen bewahrt zu haben.

Noch während sie das Handschuhfach aufklappte und eine offene Tupperdose mit einem hart gewordenen Eckchen Käse fand, ließ sich Meyer auf den Fahrersitz plumpsen.

»Und, kam was bei den Schrottis raus?«, fragte Gabi.

»Ich dachte, du warst bei der Sitte?«

»Was hat das damit zu tun?«

»Hast du schon mal von einem Zuhälter ein Geständnis bekommen?« Er startete den Wagen und fuhr an hohen, gewölbten Blechzäunen vorbei, die wie übereinander getürmte Leitplanken wirkten. Ein schleifendes Geräusch von Metall auf Metall schmerzte Gabi in den Ohren.

»Natürlich nicht, wobei ich ...«, Gabi schloss die Scheibe und legte die Hand an die immer noch leicht schmerzende Schläfe, »... soweit ich mich erinnere, nie direkt gefragt habe.«

»Und genauso wenig hab ich den Schrotthändler nach dem Kupferdraht fragen müssen.«

»Ich habe bei solchen Gelegenheiten dann ein Dutzend Kollegen dabei gehabt, und wir haben eine Razzia gemacht.« Gabi lächelte.

Der Wagen bog auf die Straße ein. Meyer gab Gas.

»Da warst du klar im Vorteil. Freier und Nutten sind besser zu befragen als geschältes Kupferkabel. Da kannst du nicht feststellen, woher es kommt. Auch wenn der Querschnitt mit dem gesuchten übereinstimmt, aber das ist ein Allerweltsmaß, da ist nichts zu beweisen, das wissen die auch, die waren ganz locker.«

»Und nun?«

»So ist das halt.« Meyer fädelte sich auf die Beschleunigungsspur der Autobahn ein.

»Warum bist du überhaupt hierher gekommen?«, fragte Gabi.

»Routine.« Meyer zog hinter einem Laster direkt auf die Überholspur. »Wenn man denen offen und ehrlich kommt, akzeptieren die sogar mal die Sicht der Bullen, auch wenn sie normalerweise wenig bis nichts für uns übrig haben.«

Auf der rechten Seite tauchte die Mosel und dahinter Pfalzel mit der Wallmauer auf. In dem Wagen roch es nicht gut. Gabi war wieder ein wenig übel. »Das verstehe ich nicht ganz«, sagte sie, um das Gespräch am Leben zu halten.

»Es ging letztendlich nicht um das Kupfer, ich hab mal nachgefühlt, ob jemand vielleicht etwas auf der Baustelle gesehen hat, was mit dem Toten zu tun haben könnte.«

»Und?« Sie fuhren unter einer Brücke hindurch, über die ein Güterzug rollte.

»Die Saat ist ausgebracht.« Meyer nahm die Geschwindigkeit zurück. »Ob sie auf fruchtbaren Boden fällt, werden wir sehen.«

»Und wenn nicht?«

»Dann habe ich wenigstens meinen Job erledigt.« Meyer schob sich ein Bonbon in den Mund.

Vor ihnen staute sich der Verkehr in Richtung Zurmaiener Straße. Meyer bog ab und fuhr über den Verteilerkreis in die Herzogenbuscher Straße.

»Soviel ich weiß, muss Saat gegossen werden, sonst wird das nix.« Gabi würde bei Rocky noch mal nachhaken.

Als habe er ihre Gedanken gelesen, fragte Meyer: »Und du, was hast du gemacht?«

Gabis Telefon schrillte. Als sie es aus der Tasche nahm, war nicht wie erwartet das Präsidium auf dem Display. Die Nummer war unterdrückt.

»Ja?«, Gabis Stimme klang skeptisch. »Hallo, Martin!« Ihr Tonfall wurde deutlich freundlicher. »Woher hast du die Nummer?«

Kurz darauf sagte sie: »Ach ja, hab ich wohl vergessen.«

Sie hörte wieder eine Weile zu und fragte dann. »Morgen Abend? Mal sehen, vielleicht komme ich.«

Mit der linken Hand hielt sie das Telefon ans Ohr, mit der rechten klappte sie die Sonnenblende herunter und betrachtete sich im Spiegel. »Klar hab ich auch flachere.« Sie legte auf.

Gerade als Meyer seine Frage von vorhin wiederholen wollte, sagte Gabi, nachdem sie ihre Lippen nachgezogen und sich überzeugt hatte, dass sich die Scheckkarte in ihrer Tasche befand: »Lass mich bitte da vorn raus, ich muss noch was einkaufen.«

Meyer hielt direkt vor einem Schuhgeschäft.

Gabi wartete dennoch, bis er außer Sichtweite war, bevor sie hineinging.

*

Vor Grabbes Schreibtisch türmten sich zwei Stapel mit Aktenordnern vom Fußboden bis zur Platte.

»Was ist denn das?« Nachdem Walde nähergekommen war, legte er die Hand darauf. Dabei geriet der oberste Ordner ins Rutschen.

»Vorsicht!« Grabbe schob reaktionsschnell den Ordner in eine stabile Position zurück. »Staatsanwalt Roth hat mich dazu aufgefordert, ganz behutsam damit umzugehen. Wir hatten für die Durchsuchung der Wohnung von den Wohlenbergs eigentlich keine ...«

»Das hat mir Stiermann gerade erzählt. Aber ich glaube, er meinte damit, der Inhalt sollte sensibel gehandhabt werden.«

»Ach so«, Grabbe drückte ein Auge zu, »dann hab ich wohl was falsch verstanden. Ich hab den Kram durchgesehen und einiges Interessante entdeckt.«

»Alle Achtung, das sind ja gut und gerne zwei Meter Material.«

»Durchgesehen heißt nur quergelesen.« Grabbe konnte ein zufriedenes Lächeln über Waldes Staunen nicht unterdrücken. »Die Streiterei um die Immobilie hat die Wohlenbergs Zigtausende gekostet. Da sind etliche Meter Akten zusammengekommen. Aber sie konnten es sich leisten. Er hatte vor ein paar Jahren seine radiologische Praxis verkauft und den Ruhestand angetreten.«

»Und die Gegenseite?«, fragte Walde.

»Die ist dabei ausgeblutet«, sagte Grabbe. »Der ganze Komplex hat jahrelang brach gelegen. Da sind bei den Investoren Millionen draufgegangen. Und wenn Herr Wohlenberg nicht gestorben wäre und Frau Wohlenberg nicht eingelenkt hätte, wer weiß, ob die Trading Invest nicht auch hätte aufgeben müssen.«

»Was hat Frau Wohlenberg bekommen?«

»Hat mich gewundert. Eigentlich nur den Wert des Penthouse.«

»Keine Sonderzahlung, weil sie keine adäquate Ersatzwohnung geboten bekam?«

»Nein, ihr Neffe hat die Sache letztlich geregelt. Die Frau muss wohl geistig nicht mehr ganz auf der Höhe sein.« Grabbe zog vorsichtig einen der Ordner aus dem Stapel und schlug ihn an einer mit einem Klebezettel markierten Stelle auf.

»Mir schien sie ziemlich fit zu sein«, sagte Walde.

»Jedenfalls ist sie laut Aktenlage nicht mehr geschäftsfähig und steht unter Betreuung.«

»Und wer kümmert sich um ihre Geschäfte?«

»Wie gesagt, dieser Neffe ...« Grabbe blätterte weiter.

»Ich weiß jetzt, was du denkst. Nein, er hat sich nicht bereichert. Alles ist auf ein Treuhandkonto geflossen, von dem, abgesehen von ihrem sonstigen Besitz, Frau Wohlenberg einen sehr angenehmen und langen Lebensabend bestreiten kann.«

Freitagabend

Wieder gab es auf dem Parkplatz an der Kneipe keinen freien Platz. Nachdem Gabi endlich ihr Auto verlassen hatte, eilte sie auf den Eingang zu, um ihre Frisur nicht vom Nieselregen ruinieren zu lassen.

Der große Gastraum war voll besetzt. Es roch nach Essen, Rauch und feuchter Kleidung.

Kurz vor der Theke wurde Gabi von einer Kellnerin umkurvt, die zur Küchenklappe strebte, wo bereits dampfende Teller standen. Die Gespräche hatten die Oberhand über die Musik gewonnen. Es war kein Tango, sondern ein langsames Stück von Santana, auf das man höchstens Blues tanzen konnte.

Der Hocker direkt neben dem Ausschank, auf dem sie schon vor zwei Abenden gesessen hatte, war noch frei.

»Sie sind früh dran.« Der bärtige Wirt schaute kurz von der Ansammlung von mehr oder weniger schaumigen Biergläsern auf, in die er stoßweise nachzapfte.

Gabi bestellte den gleichen Wein wie beim letzten Mal. Sie beschloss, die Kopfschmerzen von gestern auf den Kir zurückzuführen.

Die Kellnerin hatte das Essen serviert und schob nun ein leeres Tablett über den Tresen, auf das der Wirt emsig volle Biergläser packte.

»Wann geht's denn drüben los?«, fragte Gabi.

Martin Kotte kam durch die Eingangstür. Nach wenigen Schritten blieb er stehen, nahm die Brille ab, öffnete seinen Trenchcoat und wischte die Brillengläser am Revers seiner Jacke ab. Als er sie wieder aufsetzte, erkannte er Gabi an der Theke. Er trug auch heute eine Fliege, nur diesmal hatte sie eine normale Größe und war auch längst nicht so knallig wie die von vorgestern Abend.

Martin bot Gabi ganz förmlich seinen Arm, um sie in den Nebenraum zu führen, wo sich erst wenige Gäste befanden. Er blieb beim Tisch stehen, an dem zwei Frauen in schickem Outfit, beide in Röcken, und ein blonder Mann, der ein schwarzes T-Shirt unter einem teuer aussehenden hellgrauen Anzug trug, saßen. Gabi schätzte den Mann auf um die dreißig, obwohl sein nach hinten gegeltes Haar bereits an den Schläfen zurückwich.

»Darf ich bekannt machen: Corinna«, Martin wies auf die Ältere. »Susanne. Das ist Gabi, ihr habt euch vielleicht schon vorgestern auf meiner Feier gesehen.« Den blonden Mann ignorierte er.

Gabi stellte ihr noch fast volles Weinglas, das sie von der Theke mitgebracht hatte, auf dem Nachbartisch ab und hängte ihre Handtasche über die Stuhllehne, wobei der Inhalt einen leicht klirrenden Ton produzierte. Dann reichte sie lächelnd den drei Leuten die Hand, während sie in Gedanken die beiden Namen wiederholte, und setzte sich zu Martin an den direkt daneben stehenden Tisch.

»Was macht dein Kopf?«, flüsterte sie ihm zu.

Von nebenan hörte sie, wie ein Mann, der ein eng tailliertes Hemd trug, sagte: »Auch das wird noch geregelt …«

»Es geht schon wieder, musste auch nicht genäht werden.« Martin fuhr sich mit der Hand an den Hinterkopf.

»Du warst im Krankenhaus?«

Eine weibliche Stimme, Gabi vermied es, zum Nachbartisch zu sehen und konnte deshalb nicht feststellen, ob es Corinna oder Susanne war, sagte: »Wenn damit die Geschichte endlich beendet ist, gerne.«

»Nein, bei einem Arzt.« Gabis Gesprächspartner hatte zwei Fingerspitzen auf den Hinterkopf gelegt.

»Mitten in der Nacht? Ich weiß gar nicht, was du machst.« Sie hatte ihn bewusst nicht nach seinem Beruf gefragt, um den dann unweigerlich folgenden Fragen nach dem, was sie selbst beruflich machte, zu entgehen.

»Ich bin Psychotherapeut.« Er musste seine Stimme heben, weil die Musik lauter wurde.

Gabi zählte die Takte und führte im Geist die Schritte aus. Inzwischen waren weitere Besucher gekommen. Die ersten Paare tanzten bereits.

»Darf ich mal die Stelle sehen?«, fragte sie.

»Es gibt nicht viel zu sehen, da sind Haare drüber.« Er drehte ihr den Hinterkopf zu und wandte das Gesicht zur Decke.

Am Nebentisch stand der junge Mann auf und ging zur Tür.

»Oh, du hast ja zwei Wirbel«, sagte Gabi, als sie Martin vorsichtig über die Haare fuhr.

»In meiner Kindheit der Alptraum der Rendsburger Friseure, inzwischen betrachten sie es als Herausforderung, so ändert sich die ... Vorsicht!« Er zuckte zurück, als Gabi die Verletzung berührte.

»Wo liegt Rendsburg?«

»In Norddeutschland, nicht weit von der See. Sollen wir?«, forderte Martin sie zum Tanz auf.

Sie sah, dass die anderen Tänzer den Tango recht gut beherrschten.

»Was machst du eigentlich beruflich?« Er fasste sie unter.

»Ich sitze meistens am Schreibtisch, manchmal darf ich auch unterwegs sein.«

Sie beobachtete, wie die beiden am Tisch zurück gebliebenen Frauen miteinander tuschelten.

In Höhe des Hochwasserdamms begann es leicht zu regnen. Walde ließ Quintus von der Leine, spannte den Schirm auf und blickte zur *Neptun*, auf der kein Licht mehr brannte, obwohl es erst kurz nach zweiundzwanzig Uhr war. Dann sah er doch noch ein schwaches Leuchten in den kleinen Bullaugen am Bug. Oder war es eine Spiegelung vom Ufer? Er hatte keine Zeit, dem nachzugehen. Quintus war bereits weit vorgelaufen. Flussaufwärts beschleunigte Walde seine Schritte. Nach einer Weile kam ihm Quintus mit einem gewundenen Stück Treibholz im Maul entgegen. Walde nahm es ihm ab, aber es war zu schwer und sperrig, um es zum Stöckchenwerfen zu verwenden. Er musste sich beeilen, um zu seiner Verabredung zu kommen.

An der Ampel gegenüber der Böhmerstraße leinte er den Hund wieder an und führte ihn über die Straße in

Richtung Baustelle. Hinter den Containern musste sich Walde einen Moment orientieren, um in der schmalen Lücke zwischen Bauzaun und Hauswand einer fünfstöckigen Wohnanlage den Weg zu erkennen, der zur *Weinklause* führte, wo er mit Uli verabredet war. Der Wind blies ihm den Regen waagerecht entgegen. Mit nach vorn gerichtetem Schirm eilte Walde auf den letzten Metern bis zum Eingangsbereich, wo er den Schirm ausschüttelte. Die tiefschwarze Baugrube nebenan wirkte bedrohlich.

Die Kneipe war standardmäßig eingerichtet. Walde war zum ersten Mal hier. Theke, Tische und Stühle waren aus hellem Holz. In einem Regal stapelten sich Kartons mit den üblichen Snacks und kleinen Spirituosen. Einzig die Bilder an den Wänden mit alten Aufnahmen aus der Firmengeschichte der Treverer-Kellerei erregten Waldes Interesse, ebenso wie die beleuchtete Vitrine, die den Thekenbereich vom Gastraum trennte. Darin befanden sich Flaschen mit alten, vergilbten Etiketten, eine kleine Korkenmaschine und eine Mostwaage.

Nur an einem der Tische saß ein Pärchen. Uli hockte allein auf einer Bank am Ende der Theke.

»Wo hast du denn gesteckt?« Er zeigte auf seine Armbanduhr, als Walde neben ihm Platz nahm. »Wir waren vor mehr als einer halben Stunde verabredet.«

»Sorry, aber ...« Walde wies auf Quintus, der sich, die Nase in die Höhe gereckt, orientierte, während das Wasser aus seinem Fell auf die Bodenfliesen tropfte.

»Das hab ich auch noch nicht gehört. Hat der Hund

deine Uhr verstellt? Oder ist er für deine Termine zuständig und hat dich nicht früh genug erinnert?«

»Tut mir leid, ich bin zu spät losgegangen.« Walde verschwieg, dass er Doris nichts von der Verabredung mit Uli erzählt und einen Spaziergang mit dem Hund als Ausrede benutzt hatte. Gestern nach der üblichen donnerstagabendlichen Musiksession mit der Band war es auch ziemlich spät geworden.

»Ich hänge sowieso schon den ganzen Tag in meiner Kneipe rum«, fuhr Uli mit seiner Klage fort. »Da muss ich das in meiner Freizeit nicht auch noch haben. Und hier wird obendrein noch geraucht.« Er selbst hielt eine brennende Zigarette in der Hand.

»Und du?«, fragte Walde.

»Das ist was anderes.« Uli lauschte, um herauszufinden, welches Lied aus der Musikbox dröhnte. »Griechischer Wein«, stöhnte er, »und das schon zum zweiten Mal. Das kann auch die beste Freundschaft ins Wanken bringen.«

»Was trinkst du?« Walde zeigte auf Ulis Glas mit dem kleinen Rest Weißwein.

»Eine Klüsserather Bruderschaft von 2002, der letzte Jahrgang, der in der Treverer-Kellerei abgefüllt wurde. Möchtest du mal probieren? Ich habe die Flasche rausstellen lassen. Sie war etwas zu kühl.«

»Die Kellerei wurde demnach 2003 abgerissen?«

Uli winkte, und der Wirt brachte ein Glas und die Flasche. Sein Freund schenkte ein wenig Wein in Waldes Glas. Walde roch das Bukett, bevor er es auf der Zunge schmeckte.

»Gut, schmeckt ein wenig erdig.« Walde nickte. »Und er hat jetzt auch die richtige Temperatur.«

Der Wirt brachte einen Kühler für die Flasche.

»Exakt im Mai wurde zumindest der erste Teil der Treverer platt gemacht«, nahm Uli das Gespräch wieder auf. »Dann ist schon nach ein paar Monaten dem ersten Investor die Luft ausgegangen. Aber es gab kein Zurück mehr.«

»Den Grundschritt hast du schon raus«, sagte Martin, während er die Drehrichtung wechselte und Gabi darauf einging.

»Bei deiner straffen Führung bleibt mir eigentlich nichts anderes übrig.« Gabi war leicht außer Atem. Vor zwei Tagen hatte sie auf Strümpfen getanzt, und es kam ihr vor, als sei sie in brenzligen Passagen über das Parkett geschoben worden. Nun, in den neuen Schuhen, wurde ihr mehr abverlangt.

»Bin ich zu energisch?«

»Nein, du machst das schon richtig, von dir lass ich mich gerne energisch anfassen.« Sie lächelte ihn an. »Wobei das heute Abend nicht an unseren Tanz in meiner Wohnung rankommt.«

Die Musik war zu Ende.

»Sollen wir was trinken?«, fragte er.

Während er Gabi zum Tisch führte, sagte Martin: »Ein wenig peinlich ist mir das schon, was vorgestern Abend passiert ist.«

»Ist doch gar nichts geschehen, soweit ich mich erinnern kann.« Gabi konnte ein Lachen nicht unterdrücken.

»Na ja, ich war ziemlich betrunken, sonst wäre das mit dem Sturz nicht passiert. Ich weiß nicht einmal mehr, was wir zusammen im Bad gemacht haben.« Er führte sie zu ihrem Stuhl und rückte ihn galant zurecht, als sie sich setzte.

»Du hattest Geburtstag, du warst gut gelaunt und frisch geduscht.«

»Ich hab bei dir geduscht?«

»Ich hatte schließlich auch Geburtstag, und wir waren nass.«

»Wir beide?« Martin warf einen kurzen Blick zu den beiden Frauen, die immer noch allein am Tisch saßen und wahrscheinlich nur so taten, als würden sie ihrem Gespräch nicht lauschen. »Das wird es gewesen sein.«

»Ich hätte nichts dagegen, es noch mal zu versuchen.«

»Ich verspreche, beim Ocho rückwärts vorsichtiger zu sein.« Er konnte nicht anders, als in ihr Lachen einzustimmen.

Nebenan hörte sie Corinna sagen: »Ich kenn sie, wenn die sich in den Kopf gesetzt hat, nicht mehr darüber zu reden, dann zieht die das auch durch.«

Auf der Toilette versicherte sich Gabi, dass die beiden Kabinen nicht besetzt waren. Nachdem sie sich hingehockt hatte, rief sie Walde an.

»Lässt sich heute hier keiner von den alten Treverern blicken?«, sprach Uli den Wirt an, als er wieder zur Theke zurückkam.

»Gestern hatten die Stammtisch. Den gibt's immer nur einmal im Monat. Es war etwas mehr los als sonst«, sagte der Wirt. »Aber trotzdem nur um die zehn Leute. Einige hat die Neugierde hergetrieben, weil sie sehen wollten, wie es nebenan«, er deutete zur Tür, in Richtung des Geländes der Baustelle, »mit der *City-Passage* vorangeht.«

»Von der Treverer ist nicht mal mehr was von den Kellern übrig geblieben.«

»Was jetzt noch zu sehen ist, soll Flusssand sein. Seltsam, wenn man sich vorstellt, dass hier mal vor ein paar Tausend Jahren die Mosel geflossen sein soll.« Der Wirt zapfte Bier in zwei frische Gläser. »Aber alles Lamentieren bringt nichts. Ich schaue nach vorn. Am besten wäre das Einkaufszentrum schon fertig. Ich hab Tagesessen für die Baustellenarbeiter angeboten. Aber die sparen jeden Cent und schlingen stattdessen abends ihren Dosenfraß runter, auf dem Seelenverkäufer da unten auf der Mosel.«

»Seelenverkäufer«, murmelte Uli, »muss ich mir merken.«

»Du schreibst doch nicht darüber?«, fragte Walde, der gleichzeitig überlegte, dass in die neue *City-Passage* neben den neuen Geschäften auch neue Gastronomie einziehen würde und der Wirt es dann noch schwerer als jetzt haben würde.

»Erst mal nicht. Die Leute wollen nichts mehr von dem Kram wissen. Es gibt genügend andere Aufreger in der Stadt.«

Waldes Mobiltelefon klingelte.

Gabi fragte: »Kannst du was mit den Vornamen Corinna und Susanne anfangen?«

»Moment«, antwortete Walde. »Der Empfang ist hier drin schlecht, ich gehe mal vor die Tür.«

Draußen ließ sich Walde die Namen wiederholen.

»Die Geschäftsführerin der Trading Invest heißt Susanne Hörmann ...« Er trat an den Bauzaun und schaute über das Dunkel der Baustelle zu den erleuchteten Schaufenstern der Fleischstraße.

»Und Corinna?«, fragte Gabi.

»Sagt mir auf Anhieb nichts.«

»Und Martin?«

»Auch nicht.«

»Da war noch ein Mann, blond, nach hinten gekämmt, etwas dünner werdend, ich meine die Haare, schätze ihn so um die dreißig. Wer kann das sein?«

»Die Beschreibung sagt mir nichts«, antwortete Walde. »Du hörst dich gut gelaunt an.«

»Das ist bei mir häufiger so.«

»Gabi, sag mal, wo bist ...« Sie hatte schon aufgelegt.

Auf dem Weg zurück zu seinem Platz blieb Walde an der Musikbox stehen und studierte die Titelliste. Gleich, nachdem er sie entdeckt hatte, drückte er *Roxanne* und *Smoke On The Water.* Und weil er für einen Euro fünf Titel wählen durfte und ihm sonst nichts gefiel, drückte er die beiden noch einmal und ließ für den fünften den Zeigefinger suchend über die Nummern gleiten.

Die Kneipentür ging auf. Ein alter Mann in nasser Regenkleidung schlurfte zur Garderobe. Mit routiniert wirkenden Bewegungen hängte er einen großen Ring mit allerlei Schlüsseln an einen der Haken, steckte sich eine Stablampe zwischen die Oberschenkel und zog sich den nassen Regenponcho über den Kopf. Anschließend strich er sich mit beiden Händen das weiße Haar glatt.

Als Walde wieder neben Uli Platz nahm, hatte der Wirt bereits einen Schnaps ausgeschenkt und auf die Theke gestellt. Der späte Gast legte den Schlüsselbund und die große Taschenlampe neben das Glas und kippte in einem Zug den Schnaps hinunter.

»Der hat gutgetan«, sagte er zum Wirt und nickte dankend, als ein großes Glas Bier vor ihn gestellt wurde. »Bei so einem Wetter jagt man keinen Hund raus.« Dabei fiel sein Blick auf Quintus, der ihn aus einem halb geöffneten Auge anblickte.

»Der ist freiwillig mitgekommen«, erklärte Walde. Er sah die vorstehenden Wangenknochen über der eingefallenen Haut des Mannes. Der faltige Hals war von langen Stoppeln bedeckt.

»Dat Wetter hat auch sein Gutes. Da treibt sich nicht soviel Pack herum.« Der Mann bemühte sich, eine Zigarette aus einem Päckchen zu ziehen. Erst dachte Walde, die Finger seien verstümmelt, bis er bemerkte, dass sie nach innen gekrümmt waren.

»Als Kellermeister hab ich früher immer mit kaltem Wasser geschafft, die Flaschen wurden ja noch bis in die siebziger Jahre von Hand gespült.« Der Mann hatte Waldes Blick bemerkt. »Ewig mit den Fingern in der kalten Brühe. Da sind die immer steifer geworden. Einer nach dem anderen. Heut bekäm man dafür

Rente. Aber mich haben sie zum Hausmeister gemacht. Zum Hocken im Pförtnerhäuschen und zum Schlüsselrumdrehen langt es noch. Die paar Jahre bis zur Rente gehen auch noch vorbei.« Er klimperte mit dem großen Schlüsselbund und sah Walde an. Die Augen des Mannes hatten einen weißlichen Film über den Pupillen. Er schien deutlich über siebzig zu sein.

»Wo ist denn Ihr Revier?«, fragte Walde.

»Revier!« Der Mann hustete, wobei ihm Rauch aus Nase und Mund strömte. »Ich bin doch kein Sheriff. Nur Hausmeister in der Treverer-Kellerei.«

Walde unterdrückte den Impuls, ihm zu widersprechen, und wunderte sich, dass Uli und der Wirt es ebenso wenig taten.

»Ihr Rundgang war bestimmt vor ein paar Tagen angenehmer, als es noch warm war«, bemerkte Walde.

Der Mann hatte einen kleinen Schluck von seinem Bier getrunken und nickte nun heftig, während er das Glas wieder abstellte. »Dat kannste singen.«

Dann schwieg er. Sie lauschten eine Weile dem Gesang von *Sting*.

»Ist was geklaut worden?«, versuchte Walde den Mann wieder zum Reden zu bringen.

»Die Schrottis haben Kabel mitgehen lassen.« Der Mann nippte wieder an seinem Glas. »Ich kann das Bier nicht gut vertragen, wenn es so kalt ist.«

Die Gitarren von *Deep Purple* setzten ein. Waldes Fuß kam ins Wippen. »Mussten Sie die Polizei einschalten?«

»Nee, dat geht mich nix an. Das Kabel hat den *RWE*

oder den Stadtwerken gehört. Die Bullen sind dann nachher von allein gekommen.«

»Wegen dem Kabel?«

»Nee, da war was mit nem Kerl, ich weiß nitt, ob der tot war.«

»Haben Sie den Mann gesehen?«

»Nitt so richtig, die haben ganz schön geackert, als die den da aus der Grube geschleppt haben.«

»Haben Sie die Leute erkannt?«

»Es war ja dunkel, und meine Augen machen in letzter Zeit auch nicht mehr so richtig mit. Die Frau, die hatt ich vorher schon gesehen, wie die mit nem Rad angekommen is, die hatt die Beine und der Mann musst sich mit dem Körper, also der hatte den Kerl von hinten unter den Achseln.« Der alte Hausmeister stellte mit seinen Armen die Bewegung nach. »Die haben ganz schön geackert.«

»Und Sie sind nicht eingeschritten?« Walde musste sich zusammenreißen, um nicht zu auffällig nach Details zu fragen.

»Da hab ich mich lieber rausgehalten.« Er legte mehrere Münzen auf die Theke, nahm die Taschenlampe und den Schlüsselbund und ging zur Garderobe, wo er sich den nassen Poncho überstreifte. »Die hätten doch nen Krankenwagen gerufen, wenn da ein Unfall oder so passiert wär.« Der Alte grüßte mit einer militärischen Handbewegung und verließ das Lokal. »Die Pflicht ruft!«

»Wer war das denn?«, fragte Uli.

»Das ist Kaspar, er war früher Hausmeister bei den

Treverern. Der hat schon seit ein paar Tagen wieder den Rappel«, sagte der Wirt. »Dann kommt er auf seiner Tour auf einen Schnaps und ein Bier hier rein, so wie früher, wenn er bei seiner Frau eine Ausrede brauchte, um abends zu Hause rauszukommen.« Der Wirt führte eine Scheibenwischerbewegung vor seinem Gesicht aus.

Walde dachte darüber nach, dass er ebenfalls unter einem Vorwand aus dem Haus gegangen war. Aus der Musikbox dröhnte nun ‚Griechischer Wein'.

Quintus reckte die Schnauze in die Höhe und stimmte ein klägliches Geheul an.

»Ich dachte, Malamuts sind stumm?«, wunderte sich Uli.

»Bei Udo Jürgens werden sie schwach.«

Als Gabi die Kabine verließ, stand Corinna draußen im Waschraum vor dem Spiegel. Sie musste sehr leise hereingekommen sein. Gabi fragte sich, wie lange sie schon hier war und was sie von dem Telefonat mitgehört haben konnte. Sie lächelte Corinna an, wusch sich die Hände, warf einen prüfenden Blick in den Spiegel. Als sie ihre Tasche öffnete und einen Lippenstift herausnahm, spürte sie, wie Corinna sie beobachtete. Gabi achtete darauf, das Innere ihrer Tasche ihrem Blick nicht preiszugeben.

Martin sah stumm den Tanzenden zu. Als Gabi zurückkam, erhob er sich. Sie deutete dies als Aufforderung, wieder mit ihm zu tanzen.

»Argentinischer Tango ist doch was ganz anderes

als das, was man hier in den Tanzschulen lernt«, sagte Martin.

»Und woher beherrschst ihn so gut?«, fragte sie.

»Gut?« Martin schaute sie mit skeptischer Miene an. »Tango lernt man nur durch häufiges Tanzen, so einfach ist das. Und jetzt gerade halten!«

Der Ocho klappte erstaunlich gut. In den ungewohnt flachen Schuhen hatte Gabi das Gefühl, sich nach vorn beugen zu müssen, um das Gleichgewicht halten zu können.

Sie überließ sich Martins Führung, hörte die Musik und genoss die weichen Bewegungen.

Sie hatte den Moment verpasst, wo sie Martin die Wahrheit über ihren Beruf hätte sagen können. Gabi versuchte sich damit zu beruhigen, dass sie mit ihrer Umschreibung nicht direkt gelogen hatte.

Sie sah, dass Corinna zum Tisch zurückgekehrt war und mit Susanne redete, während die beiden sie beobachteten.

»Kennst du die am Nebentisch vom Tanzen her?«, fragte sie.

»Corinna ist meine Partnerin.« Martin sah Gabi an, als erwarte er einen irritierten Gesichtsausdruck.

Sie trat ihm stattdessen auf den Fuß. »Entschuldige, da war ich wohl etwas zu schnell.« Sie tanzten eine Schrittkombination, zu der Martin ihr erklärt hatte, sie müsse jeweils immer ihren Fuß dorthin setzen, wo seiner gerade war.

»Sie ist meine Kollegin, wir führen zusammen die Praxis«, fuhr er fort.

»Auch Therapeutin?«

Er nickte: »Und Susanne, also die Blonde, ist ihre Freundin. Sie ist auch noch nicht lange hier in Trier.«

»Wer ist denn noch neu hier?« Es schien Gabi nicht angebracht, direkt nach dem jungen Mann zu fragen.

»Ich bin erst seit ein paar Monaten hier, sonst hätten wir uns sicher schon vorher kennen gelernt.« Er verzog das Gesicht, weil Gabi ihm schon wieder auf den Fuß getreten war.

Samstag

Er hatte bereits eingekauft, Minka und Quintus gefüttert und den Frühstückstisch gedeckt. Während er die Zeitung las, hoffte Walde, dass Doris und Annika endlich wach würden. Nach einer Weile, er hatte sich bereits ein Brötchen geschmiert, hörte er trippelnde Schritte auf dem Holzboden der Diele. Die Tür wurde mit Schwung aufgestoßen. Annika begrüßte ihn stürmisch.

»Gehen wir heute Schweine füttern, Annika?«

»Au, ja.« Sie lief wieder hinaus. Er folgte ihr und sah, wie sie ihre Stiefel unter der Garderobe herauszog.

»Aber erst nach der Raubtierfütterung in der Küche. Ich habe dir ein Ei gekocht.«

Sie stürmte in die Küche zurück und erklomm ihren Stuhl.

»Versprich mir, sie nicht zu irgendwelchen Ermittlungen mitzunehmen.« Doris' Bewegungen zeugten von weit weniger Tatendrang als der ihrer Tochter. »Es reicht, wenn Quintus bis spät in die Nacht mit dir auf Verbecherjagd gehen muss.«

»Ich hab noch was mit Uli getrunken.«

»Hast du ihn an der Mosel getroffen?«, fragte sie mit gespielter Überraschung.

»Wir waren in der *Weinklause.*«

»Wo ist denn die?«

»Neben der Baustelle der *City-Passage* ...«

»Okay«, Doris nahm sich ein Croissant aus dem Korb. »Du wirst dich auch heute nicht von deinem Fall abhalten lassen. Quintus kannst du von mir aus mitnehmen, aber Annika bleibt bei mir.«

»Ich hab versprochen, mit ihr Schweine füttern zu gehen.«

»Gut, aber danach bringst du sie zurück!«

Es hatte geklingelt. Das Päckchen, das ein Bote brachte, sah nach einer Büchersendung aus. Als Walde es entgegennahm, wäre es ihm fast aus der Hand gefallen, weil es mindestens dreimal so schwer wie erwartet war.

Zusammen mit Annika packte er das Päckchen auf dem Dielenboden aus. Zum Vorschein kam eine Holzkiste mit sechs Boulekugeln.

»Hast du die vielleicht bestellt?«, fragte er Doris, als sie einen Blick auf die glänzenden Kugeln warf, von denen Annika begeistert zu sein schien..

Doris hängte eine Tüte, in der sich wahrscheinlich Brotreste befanden, über die Klinke der Dielentür. »Nein, ebenso wenig wie die *Financial Times*, die Münzen und das Panflötenkonzert.«

Auf den Wegen entlang der Wildgehege am Rande des Stadtwalds war um diese Zeit noch nichts los. Gut, dass Annika Stiefel trug, die Wolken hielten zwar das Wasser, aber das Gras war nass.

Die Wildschweine waren noch hungrig und kamen gemächlichen Schrittes zum Zaun, als Annika kleinere Brotstücke durch die Maschen warf. Die größeren warf sie auf die Erde und versuchte, sie mit den Stiefeln zu zertreten.

Quintus blieb erstaunlich ruhig. Wenn Walde mit ihm allein unterwegs war, zog er gleich mächtig an der Leine. Sobald Annika dabei war, übte er sich in Geduld. Der Hund schaute gelangweilt einer Joggerin nach, die zum Wald hin unterwegs war. Die Wildschweine ignorierte er.

Bevor sie zum Böckchengehege gingen, überzeugte sich Walde, dass auch alle Tiere hinter dem Zaun waren und sich keines hinausgezwängt hatte. Ziegen hatten eine Größe, die Quintus' Kampftrieb anregen konnte.

Nachdem das Brot verteilt war, legten sie eine schnelle Runde durchs Tal ein, wobei Annika unermüdlich plappernd den Großteil der Strecke auf Waldes Schultern zubrachte, und Quintus nicht von der Leine gelassen wurde.

Auf dem Weg zurück in die Stadt fragte er Annika, ob sie Lust auf einen Kakao habe.

Sie ließen den Malamute im Wagen. Vor dem Café der *Waldresidenz* standen die Stühle an die nassen Tische gelehnt. Im Café war nur noch ein Tisch frei. Während sie auf die Kellnerin warteten, hielt Walde nach Frau Wohlenberg Ausschau. Er konnte sie nirgends entdecken. Einige der Gäste waren weit vom Rentenalter entfernt und schienen auf Besuch zu sein.

Nachdem die Kellnerin die Bestellung aufgenommen hatte, sah er die schmutzige Spur auf den Fliesen, die Annika und er vom Eingang bis zum Tisch hinterlassen hatten. Als er wieder hochblickte, ging eine elegant gekleidete ältere Dame zwischen den Tischen hindurch. Er hatte Frau Wohlenberg nicht hereinkommen sehen. Wahrscheinlich kam sie von der Toilette. Walde unterdrückte den Impuls, ihr zu winken, da sie ihm nun den Rücken zuwandte und an einem Tisch Platz nahm, an dem ein blonder junger Mann saß, der vom Alter her ihr Sohn hätte sein können. Walde beobachtete, wie Frau Wohlenberg immer wieder den Kopf schüttelte, während ihr Gegenüber energisch auf sie einredete.

Quintus hatte während ihrer Abwesenheit die Zeit genutzt, die lädierten Kopfstützen der Rücksitze noch etwas intensiver zu bearbeiten. Kaum war Walde mit Annika und Quintus wieder zu Hause angekommen, fuhr Doris zum Einkaufen. Annika verschwand in ihrem Zimmer, angeblich, um ihren Kuscheltieren von denen im Wildgehege zu erzählen.

Walde nahm das Telefon mit auf die Terrasse und rief im Präsidium an. »Oh, du bist da?«, fragte er überrascht, als Grabbe sich meldete.

»Du hast meinen Apparat angewählt!«, sagte Grabbe

»Ich hab es auf gut Glück probiert, schließlich haben wir Samstag.«

»Wenn du dich an einem Fall festbeißt, steckst du mich meistens auch mit an. Meine Frau ist übers Wochenende zu ihren Eltern gefahren. Und deshalb habe ich heute Morgen schon ein wenig recherchiert.« Grabbe legte eine Kunstpause ein, meist ein Indiz dafür, dass er fündig geworden war. »Wusstest du, dass die Tiefgarage in Wohlenbergs Haus noch bis vor ein paar Monaten betrieben wurde?«

»Nein.«

»Und da wurde auch ein Parkwächter gebraucht.«

»Ja.«

»Und wer hat da gearbeitet?« Grabbe dehnte seine Worte.

»Keine Ahnung.«

»Rocky.«

»Davon hat er nichts erzählt.«

»Das wird wahrscheinlich seinen Grund haben.«

»Weiß Gabi das schon?«, fragte Walde.

»Sie hat ihr Handy ausgeschaltet.«

»Ich kümmere mich darum. Kannst du herausfinden, wo der frühere Hausmeister der Treverer Kellerei wohnt, ich glaube, er heißt Kaspar mit Vornamen?«

»Wie soll ich das denn machen?«

»Vergiss es, ich hab da eine Idee, wer mir weiterhelfen könnte. Versuch mal, an den Totenschein von Rüdiger Wohlenberg heranzukommen.«

Walde wunderte sich, als er Gabis Privatnummer noch im Speicher des Telefons fand. Doris hatte kürzlich aufgeräumt und viele Nummern gelöscht. Er hatte ihr freie Hand gelassen. Etliche Bekannte, meist Leute aus der Musikszene, die er schon seit Jahren nicht mehr am Telefon gesprochen hatte, fehlten. Seine Exfreundin war noch drin, obwohl er lange nichts mehr von ihr gehört hatte und bezweifelte, ob sie unter dieser Nummer überhaupt noch zu erreichen war.

Mit dem Telefon am Ohr ging er hinaus und setzte sich auf die Terrasse. Quintus hob den Kopf und beobachtete, wie die Katze unter Waldes Beinen hindurchschlüpfte und mit dem Kopf gegen seine Waden stupste.

»Ja, was gibt's?«, meldete sich Gabi mit verschlafener Stimme.

»Bist du betrunken oder hast du geschlafen?«

»Von beidem ein bisschen«, sagte sie leise.

Walde zögerte: »Bist du nicht allein?«

»Auch das«, nun flüsterte sie.

»Soll ich später noch mal anrufen?« Walde sah, wie Minka geduckt über die Wiese schlich.

»Nee, dann klingelt das blöde Ding ja wieder.«

»Was denn nun?«

»Sag schon, weswegen du anrufst.«

»Also, ich hab gerade mit Grabbe gesprochen, der ist auch schon im Präsidium ...«

»Aber du rufst doch von zu Hause an?«

»Ja, ja«, sagte Walde. Er beobachtete, wie sich die Katze eine Vorderpfote leckte und damit über Ohren und Gesicht fuhr.

»Wer ist denn noch im Präsidium außer Grabbe?«

»Okay, du hörst dich ja ziemlich ausgeschlafen an.«

»Jetzt sag endlich, was du willst, sonst ziehe ich den Stecker raus!« Ein Feuerzeug klickte, und sie atmete hörbar tief ein.

»Wir sollten noch mal mit Frau Wohlenberg reden. Ein junger Mann hat sie heute besucht.« Als Gabi nichts sagte, fügte Walde an: »Und außerdem hat Grabbe rausgefunden, dass Rocky bis vor ein paar Monaten als Parkwächter in der Tiefgarage im Haus der Wohlenbergs gearbeitet hat.«

»Okay, ich komme«, sie zog wieder an der Zigarette, »bald.«

Ein kleiner Vogel flatterte von der Wiese hoch. Minka setzte hinterher und drückte mit beiden Vorderpfoten das Vögelchen ins Gras.

Das Telefon klingelte.

Minka lief zurück zur Terrasse. Angewidert sah Walde die Schwanzfedern aus ihrem Maul ragen. Sie setzte das Vögelchen vor Walde ab, machte ein paar Schritte zur Seite und schaute in eine andere Richtung. Das Opfer bewegte sich nicht.

»Ich bin es nur wieder«, meldete sich Grabbe.

Darauf wusste Walde nichts anderes zu antworten als: »Ja?«

»Ich hab es rausgekriegt.«

»Was hast du denn herausgefunden?« Walde versuchte sich zu beherrschen. Heute gingen ihm die Dramapausen, die Grabbe gelegentlich einlegte, ganz besonders auf die Nerven.

»Jetzt hau endlich ab!«, schrie Walde den Vogel an, um ihn aus seiner Lethargie zu wecken. »Die Katze hat einen Vogel gebracht«, erklärte er Grabbe die Situation.

»Ich hab den alten Hausmeister gefunden, mit Adresse und Telefonnummer.«

»Mensch, wie hast du das denn angestellt?« Walde wurde bewusst, dass er nicht anders mit der dreijährigen Annika sprach, wenn er sie für eine besondere Leistung loben wollte.

»Das war gar nicht so kompliziert. Man muss nur wissen, wie. Er heißt Kaspar Schreiner.«

»Dann gib mir mal die Nummer!«

Das Vögelchen hüpfte in Windeseile in die Hecke. Walde hoffte, dass es sich damit gerettet hatte. Minka setzte hinterher.

»Ich hab schon angerufen«, sagte Grabbe, »und mit seiner Frau, also mit Frau Schreiner, gesprochen. Ich wollte sichergehen, dass meine Daten auch stimmen. Also, ihr Mann, der ehemalige Hausmeister, den hat es ziemlich erwischt, eine Lungenentzündung mit hohem Fieber und so. Der Hausarzt musste ihn ins Krankenhaus einweisen.«

»Mist, die hat er sich bestimmt bei dem kühlen Regenwetter geholt.«

Minka kam wieder aus der Hecke. Was da in ihrem schwarzen Fell hing, waren keine Federn, nur Kletten und vertrocknete Blüten.

»Er muss schon seit ein paar Tagen wieder nachts mit seinem großen Schlüsselbund unterwegs gewesen sein, hat mir seine Frau erzählt«, sagte Grabbe. »Von Zeit zu Zeit hat er solche Anwandlungen.«

»Verdammt!« Entsetzt sah Walde, wie Minka das nun schon recht ramponiert wirkende Vögelchen wieder vor ihm absetzte. Er wusste, dass diese Geste bei Katzen eine Freundschaftsbezeugung dem Herrchen gegenüber sein sollte, jedenfalls, wenn es sich um Mäuse handelte, aber er konnte den Anblick des leidenden Vogels nicht ertragen.

»Wir sehen uns nachher.« Grabbe legte auf.

»Hau ab, geh weg!«, versuchte Walde die Katze samt ihrer Beute zu vertreiben.

Minka schnappte sich den Vogel und setzte ihn etwas weiter am Rand der Terrasse ab.

Walde wandte den Blick zu Quintus, den das Ganze offensichtlich nicht interessierte.

Als er wieder hinsah, war die Katze mit leerem Maul über die Terrasse unterwegs. Sie leckte sich die Lippen. Da, wo eben noch das Vögelchen gehockt hatte, lag eine kleine flaumige Feder. Die zwei dunklen Tupfer daneben deuteten die Stelle an, wo Minka den Vogel verspeist hatte.

*

Nachdem das Taxi den steilen Hügel hinaufgefahren war, pflügte es durch eine der Pfützen, die noch vom nächtlichen Regen auf dem ansonsten abgetrockneten Asphalt zurückgeblieben waren. Die Fenster des Lokals waren dunkel. Während sie den Fahrer bezahlte, fragte sich Gabi plötzlich erschrocken, ob sie am gestrigen Abend das Verdeck ihres Roadsters geschlossen hatte.

Sie seufzte erleichtert, als sie den *BMW* da, wo sie ihn am Vorabend wenige Meter hinter dem Tangoclub geparkt hatte, mit geschlossenem Verdeck vorfand.

Sie war diesmal beim Rotwein geblieben, und ihr Kopf dankte es ihr. Vor zwei Tagen hatte ihr wohl der Kir die Kopfschmerzen beschert.

Gabi musste sich zum Türöffnen weit nach vorne beugen, um dann mit einem großen Schritt ihren Fuß über eine tiefe Pfütze hinweg direkt in den Wagen zu setzen. Sie nahm eine Sonnenbrille aus dem Handschuhfach, setzte sie auf und band sich ein Kopftuch um, während das Verdeck auf Knopfdruck nach hinten klappte.

Schon auf den ersten Metern nach dem Ausparken trat sie kräftig auf das Gaspedal des Roadsters. Der satte Klang des Motors weckte ihre Lebensgeister.

Während sie sich spontan entschied, statt nach rechts hinunter zu ihrer Wohnung links in Richtung Innenstadt abzubiegen, hatte sie wieder das Bild vor Augen, wie Martin sie am späten Vormittag, genau genommen war es schon nach zwölf, in ihrer Küche an einem opulent gedeckten Frühstückstisch erwartet hatte.

Später hatten sie sich wieder hingelegt. Ohne Waldes Anruf wären sie wahrscheinlich das ganze Wochenende nicht mehr aus den Federn gekommen.

Der Belag der leicht abschüssigen Straße war schmierig. Gabi musste ihren rechten Fuß mit aller Kraft auf das Bremspedal pressen, um den Wagen hinter einem an einer Haltstelle langsamer werdenden Bus abzubremsen. Dieselgestank stieg ihr in die Nase. Eine Verkehrsinsel hinderte sie daran zu überholen. Die Sonne blendete. Gabi schaute auf die Werbung einer Sanitärfirma auf dem Heck des Busses und wurde an die Situation in ihrem Bad erinnert, als sie dort mit Martin zu tanzen versucht hatte.

Der Bus vor ihr fuhr an, und sie hielt diesmal einen größeren Abstand.

Die Bremslichter des Busses leuchteten auf der abschüssigen Strecke. Gabis Fuß war augenblicklich auf dem Bremspedal. Der Bus kam näher. Sie schrie im selben Moment auf, als der vordere Kotflügel ihres Roadsters gegen das Heck des fahrenden Busses stieß. Der Aufprall verursachte einen leichten Knall. Gabis Hände hielten das Lenkrad fest umklammert, ihre Arme verkrampften. Der Abstand zum Bus wurde größer. Ihren rechten Fuß hatte sie immer noch mit aller Kraft gegen das Pedal gepresst.

Ihr Telefon läutete.

»Jetzt nicht!«, presste sie zwischen zusammengebissenen Zähnen hervor.

Der Bus kam wieder näher. Auf ihrem Tacho erschien die Bremswarnleuchte. Gabi nahm den Fuß von der Bremse und setzte ihn sofort mit voller Kraft wieder darauf. Sie fluchte. Die Stoßstange berührte erneut den langsamer fahrenden Bus. Diesmal kam sie gar nicht mehr davon weg. Der Wagen hatte keine Bremskraft mehr. Bei mehr als vierzig Stundenkilometern machte es keinen Sinn, die Handbremse zu ziehen. Gabi schlug auf den Knopf der Warnblinkanlage. Der Wagen driftete nach rechts zur Leitplanke. In der langen Kurve bergab bemühte sie sich, in etwa der gleichen Position an der Stoßstange des Busses zu bleiben. Erst als der Bus unten auf der ebenen Straße vor einer roten Ampel anhalten musste, zog Gabi die Handbremse.

Sie stieg aus und unterdrückte den Impuls, gegen das Auto zu treten. Die Ampel sprang auf Grün. Dicker Qualm stieg aus dem Auspuff des Busses, der seine Fahrt fortsetzte. Gabi gestikulierte und rief vergeblich hinterher.

*

Als Walde an Grabbes Bürotür vorbeiging, wurde drinnen ein Telefonhörer geräuschvoll aufgelegt, gefolgt von einem ärgerlich klingenden Wortschwall.

Auf seinem Schreibtisch fand Walde die Visitenkarte von Susanne Hörmann. Während er eine Mobilnummer wählte, zog er die Kopie von Ulis Artikel über die geplante *City-Passage* aus einem Stapel Papiere.

»Susanne Hörmann.«

»Waldemar Bock, Kripo Trier, guten Tag.« Walde war etwas überrascht, als sich die Prokuristin sofort meldete

»Ja, guten Tag, Herr Bock, wie geht's?« Ihre Stimme klang eine Spur zu freundlich.

»Gut, ich hoffe, ich störe Sie nicht.« Walde überflog die ersten Zeilen des Textes.

»Aber keineswegs.« Wieder hob sie etwas übertrieben

die Stimme. Im Hintergrund war Vogelgezwitscher zu hören. Sie schien sich im Freien zu befinden.

»Die Trading Invest hat vor zwei Jahren die Treverer-Kellerei für vierundzwanzig Millionen Euro gekauft?«, fragte Walde und bezog sich auf Ulis Artikel, in dem weiter stand: *‚Die clevere Vertreterin der Kölner Holding, Susanne Hörmann, hat es geschafft, die Vertreter der Stadt zu umgarnen.'*

»Die genaue Summe habe ich jetzt leider nicht zur Hand.«

Walde las in Ulis Artikel weiter: *‚Mit der City-Passage wird ein Monstrum geschaffen, das sämtliche Maßstäbe in der Innenstadt sprengt. Die Stadt wird anschließend mit ihren neuen Einkaufsklötzen allein gelassen. Die Trading Invest stößt die Projekte rechtzeitig ab, bevor Verluste drohen.'*

»Herr Bock, hallo?«

»Stimmt es, dass die *City-Passage* nach Fertigstellung an eine anonyme internationale Fondsgesellschaft weiterverkauft werden soll?«

»Zum einen sind wir noch längst nicht so weit, zum anderen weiß ich nicht, was Sie mit dieser Frage bezwecken.«

»Sie kennen Frau Wieskind und Herrn Kotte?«

»Ja, das sind Leute aus dem Trierer Tangoclub. Aber was soll ...«

»... besuchen Sie noch weitere Tangoclubs?«

»Ich weiß zwar nicht, was diese Frage soll«, sie seufzte, »aber gut, ich war früher gelegentlich in Kiel in einem Tangoclub.«

»Und in Köln?«

»Nein.« Im Hintergrund war das hochtourige Brummen eines Motors zu hören.

»Können Sie mir bitte sagen, wo Sie sich in der Nacht von Dienstag auf Mittwoch aufgehalten haben?«

»Das ist schon ein paar Tage her, da müsste ich in meinen Organizer schauen, den habe ich hier auf dem Golfplatz leider nicht zur Hand. Ich war, wie immer, viel unterwegs.«

»Überlegen Sie mal. Das war Anfang dieser Woche.«

»Montag war ich in Kiel, Dienstag bin ich zurück nach Köln gefahren, dann müsste ich auch zu Hause übernachtet haben.«

»Gibt es dafür Zeugen?«

»Nein, ich lebe momentan allein.«

»Dann bedanke ich mich und wünsche noch ein schönes Wochenende, ach ja«, Walde konnte es sich nicht verkneifen, »es könnte sein, dass ich Sie in der nächsten Woche zu einer Gegenüberstellung bitten muss. Jemand hat auf seinem Rundgang in der Nacht zum Mittwoch Leute auf der Baustelle beobachtet, die eine leblos wirkende Person getragen haben sollen. Fahren Sie eigentlich Fahrrad?« Ob sie die letzte Frage verstanden hatte, wusste er nicht, das Gespräch war unterbrochen.

Walde beobachtete durch sein Bürofenster, wie Gabi unten im Hof aus einem Streifenwagen stieg, der bald wieder losfuhr. Gleich darauf ging er hinaus auf den Flur und sah, wie sie sich vom Fahrstuhl leicht humpelnd in Richtung ihres Büros bewegte.

»Bist du von einer Streife abgeholt worden?«, wunderte sich Walde.

»Nee«, Gabi hielt ihm die Tür zum Büro auf, wo Grabbe gerade in schnellem Tempo auf die Tastatur einhackte. »Der Meister aus unserer Kfz-Werkstatt hat mich gebracht.«

»Wie kommt der denn dazu?«, fragte Walde.

»Mein Z3 hatte eine Panne, und da ich sowieso dahin abgeschleppt wurde, war er so freundlich, mich hierher zu bringen.«

Grabbes Hände blieben unbewegt auf der Tastatur liegen. »Hast du wirklich den Abschleppwagen von unserer Werkstatt gerufen, damit sie deinen Privatwagen abschleppen?«

»Klar hab ich das!«

»Unsere Behördenwerkstatt?« Grabbe betonte jede Silbe.

»Mh.« Sie nickte.

»Und wenn Stiermann davon Wind kriegt?«

»Das ist mir doch schnuppe, das ist mir so was von egal, weißt du das? Das kann von mir aus auch der Innenminister wissen. Ihr habt ja keine Ahnung, was passiert ist.«

»Was ist denn passiert?« Walde lehnte sich an die Fensterbank.

»Da hat jemand an meinem Wagen manipuliert, die Bremsen haben versagt, ich hätte draufgehen können!«

»Nun erzähle mal von Anfang an, was passiert ist«, forderte Walde seine Kollegin auf.

Während Gabi versuchte, Rocky über sein Handy zu erreichen, kehrte Walde in sein Büro zurück, um Doris anzurufen. Zu Hause ging niemand ran. Endlich meldete sie sich am Mobiltelefon.

»Ja, hallo?« Ihre Stimme klang ein wenig kurzatmig. Im Hintergrund waren Motorengeräusche und Hupen zu hören.

»Du telefonierst, während du Rad fährst?«, fragte Walde.

»Es ist Papa«, hörte er Doris sagen.

»Mit wem redest du? Mit Annika?«

»Ja, ich ruf dich gleich zurück.«

Walde legte den Hörer auf und schob das Blatt mit Ulis Artikel zurück auf den Papierstapel. Das Telefon klingelte.

»Sag mal, das war aber keine gute Idee«, kam Walde Doris zuvor.

»Herr Bock, hallo, Herr Bock?« Das war unverkennbar die Stimme des Präsidenten.

»Tach, Herr Stiermann, entschuldigen Sie, ich habe jemand anderes erwartet.« Auf dem Display seines Apparates stand eine Mobilnummer. Was wollte der Präsident am Samstagnachmittag?

»Ich finde es sehr löblich, Herr Bock, sich auch am Wochenende für die Arbeit zu engagieren.«

»Ist doch selbstverständlich.«

»Ich dachte, Sie haben Familie?«

»Ja, hab ich, aber die Geschichte mit der Baustelle …«

»Geschichte!«, Stiermann lachte gekünstelt. »Dieses Wort trifft den Sachverhalt. Das Opfer, dieser Domski, ist laut Gerichtsmedizin an den Unfallfolgen gestorben.«

»Das Opfer wurde zur Römerbrücke geschafft. Warum sollte Niklas Domski nicht auf der Baustelle gefunden werden? Man wollte mit allen Mitteln verhindern, dass die Aufmerksamkeit auf das Penthouse gelenkt wurde. Und weil das so ist, gab es dort etwas zu verbergen. Einiges haben wir ja auch schon herausgefunden ...«

»Aber wenn es dabei bleibt, reicht es nicht aus, um die Staatsanwaltschaft zu irgendwelchen Schritten zu bewegen. Ich denke, Sie sollten die Ermittlungen auf das Nötigste beschränken und endlich zum Ende bringen.« Im Hintergrund war das helle Summen eines Motors zu hören. Walde erinnerte sich an ein ähnliches Geräusch, das ihm erst vor wenigen Minuten beim Gespräch mit Susanne Hörmann aufgefallen war. Das war garantiert ein elektrisches Golfcaddy.

»Herr Bock?«

»Ja, Herr Stiermann, ich habe Sie verstanden.«

»Ich hoffe.«

Walde kam ins Grübeln. Hinter diesem Anruf steckte doch die Hörmann. Spielte sie womöglich auf dem selben Golfplatz wie der Polizeipräsident, ansonsten musste sie die Nummer seines Mobiltelefons kennen. Ein Klingeln unterbrach seine Gedanken.

Diesmal schaute er zuerst aufs Display, bevor er sich meldete. »Hallo, Doris!«

Es meldete sich niemand.

»Hallo?«

Ihm war, als höre er Atmen und jemand, der im Hintergrund flüsterte.

»Hallo«, sagte Annika, dann folgte ein Krachen, und er hörte schnelle, trippelnde Schritte.

»Du weißt doch, sie telefoniert nicht gerne«, sagte Doris.

»Das wird noch kommen«, sagte Walde, »schließlich telefoniert ihre Mutter sogar beim Radfahren.«

»Ich wurde von dir angerufen.«

»Ich konnte doch nicht ahnen, dass du mit dem Rad unterwegs bist.«

»Ich wusste ja auch nicht, dass du anrufst.«

»Wenn du gewusst hättest, dass ich es bin, wärst du dann nicht dran gegangen?«, fragte Walde

»Ja, ich dachte, es ginge um die Bewerbung.«

»Aha!«

»Du verstehst das nicht ... du hast einen Job und bist ...«

»... ein unkündbarer Beamtenarsch.«

»Das hast du gesagt!«

»Du hattest Annika dabei!«

»Entschuldige, das war natürlich dumm ... und ein wenig verantwortungslos.«

»Sollen wir heute Abend mal wieder ausgehen?«, fragte er und überlegte eine Sekunde, ob er sich nicht doch ein Foto seiner Familie auf den Schreibtisch stellen sollte, was er bisher für zu spießig gehalten hatte.

»Und was ist mit Annika?«

»Ich frage mal bei Marie nach, ob sie zum Babysitten kommt.«

Es hatte wieder zu regnen begonnen, als Gabi und Walde den weißen Dienstwagen auf dem einzigen freien Platz der Anwohnerparkzone abstellten.

Gabi hatte sich mit Rocky in seiner Wohnung verabredet. Er wollte sich nicht schon wieder zusammen mit der Polizei in der Öffentlichkeit sehen lassen.

Die Haustür in dem vierstöckigen alten Gebäude stand offen. Auf den schmutzigen Fliesen unter den grauen Briefkästen lag ein Stapel Anzeigenblätter. Im Treppenhaus schien es vor längerer Zeit den Versuch einer Renovierung gegeben zu haben, bei der man aber über das Abreißen der Tapeten nicht hinausgekommen war.

Sie mussten ganz nach oben. Unmittelbar nach Gabis Klopfen erschien ein Auge im Türspion, als habe Rocky bereits hinter der Wohnungstür gewartet. Sie wurde jetzt mit Schwung geöffnet. Für einen kurzen Moment verschwand Rockys Zahnlücke, als er Walde bemerkte, der hinter Gabi eintrat.

Der kleine Raum, in den Rocky sie mit einer Handbewegung einlud, schien eine Kombination aus Küche, Wohn- und Schlafraum zu sein. Er führte sie zu einem Tisch mit zwei Klappstühlen, auf dem gerade mal zwei Essteller Platz fanden, und zog einen weiteren Klappstuhl aus einer schmalen Lücke zwischen Küchenschrank und Bücherregal.

Während Walde sich auf den unbequemen Stuhl setzte, blieb Gabi stehen. Das weiß gestrichene Zimmer war spartanisch eingerichtet. Es gab keine Pflanzen. Den einzigen Wandschmuck bildete ein Poster mit einer drallen Nackten über dem schmalen Bett, das mit blau-weiß gestreifter Bettwäsche bezogen war. Der Raum strahlte das Flair einer Gefängniszelle aus.

Gabi ging zum Regal und schaute sich die Reihen der Bücher auf den oberen Brettern an. Hier fanden sich die Klassiker, von denen Rocky ihr erzählt hatte.

Unter den Büchern stand ein kleiner Fernseher, umrahmt von DVDs. Ganz unten lagen gestapelte Hefte.

»Kaffee oder Tee?«, fragte Rocky, der an der winzigen Arbeitsplatte neben der Spüle stehen geblieben war. Er trug einen roten Pulli, Jeans und Sportschuhe.

»Kaffee, bitte.« Gabi zog einen dicken Wälzer von Dostojewski aus dem Regal.

Während Rocky den Kaffee aufbrühte, überlegte sie, wie oft er sich in all den Jahren im Gefängnis auf ähnliche Weise Kaffee bereitet hatte.

»Du warst Parkwächter bei den Wohlenbergs?«, fragte Gabi und schob das Buch zurück.

»Nicht direkt bei den Wohlenbergs, aber die hatten ihren Wagen auch da unten stehen. Also der Herr Wohlenberg, sie hatte ja keinen Führerschein.«

»Warum hast du mir davon nichts erzählt?«

»Klar hab ich dir gesagt, dass ich da gearbeitet hab«, Rocky stellte Tassen und Zucker auf den Tisch, »zumindest das von der Tiefgarage. Milch hab ich keine.«

»Wie lange warst du da, in dem Parkhaus?«

»Seitdem die Treverer-Kellerei abgerissen wurde.« Er nahm den Filter von der Glaskanne und schenkte den dampfenden Kaffee ein. »Da muss es Risse in den beiden Kelleretagen gegeben haben, und aus statischen Gründen wurden zusätzliche Holzbalken als Stützen eingezogen. Das schien die billigste Lösung zu sein für die kurze Zeit, bis das Haus abgerissen werden sollte. Es ahnte ja keiner, dass da noch ein paar Jahre vergehen würden.«

»Und dann hast du da unten als Parkwächter angefangen?«

»Parkwächter ist zuviel gesagt. Da waren nur Dauermieter, insgesamt knapp über fünfzig. Ich war so eine Art lebender Feuermelder. Wenn ein Motorbrand oder so entstanden wäre, hätten die Holzbalken der Hitze nicht lange stand gehalten, und dann wäre das ganze Gebäude wie ein Kartenhaus zusammengefallen. Dafür war ich da, um im Notfall Alarm zu schlagen, damit die Leute aus dem Haus hätten evakuiert werden können.«

»Aber die Büros standen doch schon lange leer, nur die Wohlenbergs waren noch da.«

»Denen hatte ich die letzten beiden Jahre den Job zu verdanken. Die haben das mit der Statik und der Brandsicherheit ja erst ins Rollen gebracht.« Rocky schlürfte seinen Kaffee. »Die Garage war bis zuletzt immer komplett vermietet, auch als es oben die Büros nicht mehr gab. Parkplätze in der Innenstadt sind begehrt.«

»Hätten es nicht auch Rauchmelder getan?«, fragte Gabi.

»Ja, sicher, aber Rauchmelder allein reichten nicht, da hätte eine Sprinkleranlage eingebaut werden müssen.

Das schien sich für ein paar Monate nicht zu lohnen. Niemand ahnte, dass es noch über Jahre weitergehen würde. Erst als vor ein paar Monaten die Fassade eingekracht ist, war es auch mit der Tiefgarage vorbei.«

»Und mit deinem Job.«

Rocky schaute in die Tassen seiner Gäste. »Ich hatte mich schon dran gewöhnt. Der Job war nicht verkehrt, ich hab viel gelesen. Ich hatte einen Raum mit einem Heizöfchen, und«, er hob seine Stimme, »deshalb helf ich euch, auch den Wohlenbergs zuliebe, damit die Schweine nicht so billig wegkommen.«

»Welche Schweine?«

»Die, weswegen die Wohlenbergs dann doch aufgegeben haben.«

»Und wer war das?«

»Ihr wisst das doch selbst!«

»Im Laufe der Jahre hast du da bestimmt einiges mitgekriegt?«, nahm Gabi einen neuen Anlauf. Sie trank einen Schluck Kaffee. Ohne Milch schmeckte er bitter.

»Klar.« Rockys Zahnlücke war zu sehen. »Ich hab nicht nur einmal erlebt, dass jemand versucht hat, da unten seinen Müll loszuwerden.« Wieder grinste er. »Und am nächsten Tag hat dann die Mülltüte am Außenspiegel gehangen, oder der kaputte Staubsauger, der am Tag vorher abgestellt worden war, hat bei dem Betreffenden auf der Motorhaube gelegen. Der hat Augen gemacht!«

»Und die Wohlenbergs?«, fragte Gabi.

»Die hatten zwei Stellplätze, obwohl sie nur ein Auto besaßen. Das waren sehr nette Leute.«

»Und bekamen sie oft Besuch?«

»Das hab ich unten nur mitgekriegt, wenn jemand auf ihrem freien Platz geparkt hat. Das kam ganz selten vor. Nur wenn der Thomas kam. Zuerst dachte ich, es wäre der Sohn, aber er ist, glaub ich, ein Neffe.«

»Wie sah er aus?«

»So ein Schickimickityp, Krawatte, blondes Haar, noch nicht so alt.«

Gabis und Waldes Blicke trafen sich für einen Moment.

»Wie oft kam er?«

»In den ersten Jahren alle paar Monate. Am Schluss war er öfter da, mehrmals in der Woche.«

»Und sonst?«

»Wie sonst?«

»Hat sie sonst noch jemand besucht oder nach ihnen gefragt?«

Rocky atmete tief ein und griff nach seiner Kaffeetasse. »Ja, da war was.« Er schloss die Augen und zog hörbar Luft durch die Nase ein. »Ich könnte mir im Nachhinein irgendwohin beißen, aber der hätte es sowieso rausgekriegt.«

»Wer hätte was rausgekriegt?«, fragte Gabi.

»Ich denke, das muss dieser Kerl gewesen sein, der da runtergefallen ist, ganz sicher bin ich mir nicht. Also der war vor ein paar Monaten da unten bei mir und hat nach den Wohlenbergs gefragt.« An Rockys Hand, die die Tasse hielt, traten die Sehnen hervor. »Der hat mir gleich einen Fuffi in die Hand gedrückt und dann noch einen, ich glaube, es waren nachher zwei-, dreihundert Euro.«

»Und dafür hast du Informationen geliefert?«

»Was heißt Informationen geliefert, ich hab die nicht verraten oder so, das war kein Judaslohn. Ich hab dem nur gesagt, dass die Wohlenbergs keine Kinder haben und, soviel ich weiß, nur Kontakt zu ihrem Neffen, diesem Thomas, hatten.«

»Eine Frage hätte ich noch«, sagte Walde. »Haben Sie an dem Abend, als der Mann von der Treppe stürzte, jemanden, wahrscheinlich eine Frau, mit dem Fahrrad zur Baustelle kommen sehen?«

Rocky verneinte.

Auf dem Weg nach unten sagte Gabi: »Die Beschreibung des Neffen passt vage auf den Mann, der gestern Abend im Tangoclub war.«

»Und auf den Typen, der heute Morgen im Café bei Frau Wohlenberg am Tisch saß«, sagte Walde. »Ich wüsste gern, was es da zu besprechen gab. Jedenfalls schien Frau Wohlenberg gar nicht davon angetan gewesen zu sein.«

»Fahren wir doch hin und fragen sie!«

Als sie am Auto ankamen, reichte Gabi Walde die Schlüssel. Im Wagen streifte sie ihre Schuhe ab und rieb mit beiden Händen über die Unterschenkel, hinten, direkt über den Fersen. »Ich trage seit Jahren hohe Absätze, das war wohl ein Fehler.«

»Geschmacklich?« Walde versuchte ernst zu bleiben, musste aber schmunzeln.

»Da hat sich die Achillessehne wohl verkürzt.« Gabi

ging auf die Provokation nicht ein. »Und die flachen Schuhe verlangen eine Dehnung, zu der die Sehne nicht gleich in der Lage ist.« Sie wies auf eine Plastiktüte auf der Rückbank. »Ich denke, ich werde die flachen Schuhe jetzt jeden Tag ein wenig länger tragen, um das langsam wieder zu korrigieren.« Sie schob ihre Füße in die Schuhe und stöhnte. »Aber heute höchstens eine halbe Stunde. Was war das eben für eine Frage mit dem Fahrrad?«

»Der alte Hausmeister, Kaspar Schreiner, will eine Frau gesehen haben, die mit dem Rad kam. Sie soll anschließend geholfen haben, die Leiche wegzutragen.«

»Meyer hat mir ein Damenrad gezeigt. Das hat am nächsten Tag irgendwo auf der Baustelle gelegen, ich hab dem keine Bedeutung beigemessen.«

»Und wo ist es abgeblieben?«, fragte Walde.

»Keine Ahnung, da müssen wir Meyer fragen.«

Die beiden ließen ihren Besuch bei Frau Wohlenberg an der Zentrale, die sich in nichts von einer Hotelrezeption unterschied, anmelden. Die Einrichtung der *Waldresidenz* bestand aus einer geschmackvollen Kombination aus antiken und modernen Möbeln. Die Pflanzen waren exotisch, an den Wänden hingen Gemälde, auch der Geruch auf den Fluren unterschied sich von dem der Altenheime, die Walde bisher besucht hatte.

»In der *Waldresidenz* scheinen sie geruchsneutrale Putzmittel zu verwenden.«

»Als Raucherin hat man nicht so feine Geruchsnerven.« Gabi blieb vor der Tür im dritten Stockwerk stehen, schloss die Augen und atmete hörbar durch die Nase ein. »Es riecht auch nicht nach Essen oder ...«, sie rümpfte die Nase, »dem Gegenteil davon.«

Sie drückte die Klingel, auf der in *Antiqua ‚Evelyn Wohlenberg'* zu lesen war.

Im Gegensatz zu der schicken Person bei ihrem ersten Treffen im Café stand eine kleine alte Frau mit wirren Haaren vor ihnen. Sie trug ein schlichtes Kleid, ihre Füße steckten in Pantoffeln mit Blümchenmuster.

»Sie müssen entschuldigen, ich habe heute etwas später meinen Mittagsschlaf halten können.«

»Haben wir Sie geweckt?«

»Das nicht, nur konnte ich mich noch nicht frisch machen.«

»Sollen wir später noch mal kommen?«

»Nein, nein! Sehen Sie mal«, sie führte die Besucher ins Wohnzimmer und zeigte auf eine Wand, die über und über mit Grafiken und Gemälden bedeckt war, »die habe ich heute Morgen zusammen mit Thomas aufgehängt.«

Walde betrachtete die Bilder, sie zeigten allesamt Trierer Motive und stammten von renommierten Malern.

»Haben Sie was dagegen, wenn wir uns nach draußen setzen?«, fragte Frau Wohlenberg. »Möchten Sie einen Kaffee?«

»Machen Sie sich bitte keine Umstände.«

Sie traten hinaus auf einen geräumigen Balkon. Unter einer ausgefahrenen Markise standen neben Topfpflanzen und einem mit Efeu bewachsenen Rankgitter eine Liege mit dicker Polsterung und ein runder Tisch mit vier Stühlen. Walde trat an das schmiedeeiserne Geländer.

Hinter dem gepflegten Park erhob sich ein Hügel mit Laubwald, in dem das erste Grün sprießte. Dazwischen gab ein Taleinschnitt den Blick auf die Mosel unterhalb der Stadt in Richtung Pfalzel und Ruwer frei.

Gabi und Walde lehnten den angebotenen Kaffee ab, ließen sich aber ein Gläschen Sherry von der alten Dame aufdrängen.

»Der stammt noch aus dem Weinkeller meines Mannes«, sagte sie, als sie das fein geschliffene Glas absetzte. »Mein Mann und ich haben früher einen guten Tropfen zu schätzen gewusst, als es die Treverer noch gab.«

»Ist dieser Sherry auch in der Treverer-Kellerei abgefüllt worden?«, fragte Walde.

»Nein, den haben wir direkt aus Portugal bezogen. Ich hab noch ein, zwei Kisten davon. Den Raritätenkeller hat Thomas bekommen.«

»Ihr Neffe wird auch Ihr Erbe sein?«

»Nein, mein Mann hat sein Studium bezahlt, wir hatten keine eigenen Kinder, aber der gesamte Nachlass wird an eine Stiftung gehen und einer lokalen Hilfsorganisation zugute kommen. Die kümmert sich um bedürftige Menschen, die mitten unter uns leben, vegetieren wäre das passende Wort. Aber um das zu erfahren, kommen Sie mich doch nicht besuchen?«

»Doch, das interessiert uns. Damit können wir ausschließen, dass es jemand auf Ihr Vermögen abgesehen hat«, sagte Walde. »Oder ist jemand an Sie wegen einer Testamentsänderung herangetreten?«

»Sie denken an Erbschleicherei?« Frau Wohlenberg schenkte Gabi und sich Sherry nach. »Mein Neffe Thomas erhält einen Sitz im Stiftungsrat. Was für seinen jetzigen Lebensstandard nicht mehr als ein Taschengeld bedeutet.«

»Was arbeitet er?«, fragte Gabi.

»Er ist zwei Mal durch sein zweites Staatsexamen in Jura gerasselt. Danach hat er eine Zeitlang in einer Versicherungsagentur gearbeitet. Und nun ist er selbstständig mit einem Immobilienbüro, dabei kommt ihm zugute, wie er mir erzählt hat, dass er dort auch Rechtsberatung anbieten darf. Da war sein Studium wenigstens nicht ganz für die Katz.«

»Aber bei einer Neugründung dauert es eine Weile, bis Geld fließt«, versuchte es Walde.

Sie seufzte leise, während sie nickte.

»Das heißt, Sie müssen ihm auch jetzt noch finanziell unter die Arme greifen?«

»Ja, mit Geld kann er nicht umgehen. Aber er ist wirklich ein guter Junge und hat sich rührend um mich gekümmert, als mein Mann gestorben ist.«

»Das war sehr plötzlich.«

»Herzversagen, von einem Moment zum anderen.« Sie seufzte. »Wenigstens hat er nicht leiden müssen. Thomas hat noch den Notarzt gerufen, aber mein Mann konnte nicht mehr reanimiert werden.«

»Thomas war dabei?«

Sie nickte.

*

Grabbe saß immer noch hinter seinem Rechner, als Gabi und Walde ins Präsidium zurückkehrten. Nur der Stapel Notizzettel und Ausdrucke neben seiner Tastatur war deutlich höher geworden.

Nachdem Gabi ihn über die Befragungen von Rocky und Evelyn Wohlenberg informiert hatte, sagte sie: »Wenn ich mal vom Schlimmsten ausgehe, dann ist Herr Wohlenberg umgebracht worden und seine Frau entmündigt ...«

»Entmündigung gibt es schon lange nicht mehr, das heißt jetzt Betreuung, § 1896 BGB.«

»Gut, also Evelyn Wohlenberg wurde unter Betreuung gestellt, und dann war endlich der Widerstand gebrochen. Diesen feinen Neffen sollten wir mal näher unter die Lupe nehmen. Das mit der Betreuung stinkt doch zum Himmel. Die alte Dame ist doch geistig voll dabei. Der Gutachter muss geschmiert worden sein. Wir sollten mal prüfen, wer hinter der Sache steckt.«

»Corinna Wieskind hat das Gutachten verfasst«, sagte Grabbe.

»Etwa die Corinna, die ich vom Tangoclub kenne?«, fragte Gabi.

Grabbe zog einen Zettel aus dem Stapel und las laut vor: »Stadträtin bei den Freien, gehört zur Betonfraktion, die für jedes Projekt stimmt, das größere Investitionen verspricht. Auf der anderen Seite macht sie sich im Denkmalpflegeausschuss für jedes Fragment einer Wandmalerei stark, das irgendwo beim Buddeln auftaucht. Scheint mir wohl mehr ein Deckmäntelchen zu sein.«

»Oder sie spinnt, schließlich ist sie Psychologin«, sagte Gabi.

»Genauso wie ihr Kollege Martin Kotte, mit dem sie gemeinsam eine Praxis betreibt.«

Gabi ignorierte diese Bemerkung. »Ich muss mal hören, was die Leitung der *Waldresidenz* zu der Betreuung von Evelyn Wohlenberg sagt.«

»Hab ich schon gemacht.« Grabbe zog ein weiteres Blatt hervor. »Der Leiter findet es ebenfalls verwunderlich, dass Frau Wohlenberg unter Betreuung steht. Ich habe ihn gefragt, warum er denn nichts unternommen habe, und zur Antwort bekommen, es sei kein finanzieller Schaden entstanden. Und er habe gelernt, sich in solche Dinge besser nicht einzumischen.«

»Ihr Widerstand wurde durch das Gutachten gebrochen, und damit bekam die Investorfirma endlich grünes Licht für den Baubeginn. Es ging um Millionen, da hing möglicherweise die Existenz des gesamten Ladens dran. Die Wieskind, also, das ist doch kein Zufall, dass ich die im Tangoclub mit der Hörmann von Dreck und Pest die Köpfe zusammenstecken sehe. Der Hausmeister will doch einen Mann und eine Frau beobachtet haben, die Domski durch die Baugrube geschleppt haben. Wir sollten die Pkws durchsuchen, von der Wieskind und der Hörmann. Wenn Domskis Leiche da drin war, dann findet der Sattler auch was. Dem Thomas Wohlenberg sollten wir zuallererst einen Besuch abstatten. Der war auch dabei, als Rüdiger Wohlenberg starb. Aber dafür brauchen wir Durchsuchungsbeschlüsse«, sagte Gabi.

»Ich hab eine Kopie des Totenscheins, ausgestellt vom Hausarzt, Diagnose Herzversagen«, sagte Grabbe.

»Gab es eine Obduktion?«

»Nein, alte Leute umzubringen ist keine Kunst, sie werden sehr selten obduziert, das meint auch unser Pathologe Hoffmann.«

»Dann sollten wir mal über eine Exhumierung nachdenken.« Gabi setzte sich an ihren Schreibtisch und stützte den Kopf in die Hand.

»Wo soll ich suchen?« Sattler, im blauen Overall, war nach kurzem Anklopfen zur Tür hereingekommen.

»Die werden ja kein Taxi gerufen haben, um die Leiche von Niklas Domski wegzuschaffen«, ergänzte Gabi. Erst dann begrüßte sie den Kollegen von der Kriminaltechnik.

»Und wenn die Schrottis den Domski mitgenommen haben?«, fragte Grabbe.

»Laut Hausmeister war eine Frau am Transport beteiligt«, sagte Walde. »Sie soll mit einem Fahrrad gekommen sein. Ich hoffe, Meyer hat es sichergestellt.«

»Ach, das hätte ich fast vergessen, euch zu sagen.« Grabbe hielt einen weiteren Zettel in der Hand. »Ein Student hat angerufen. Der will in der Nacht zum Mittwoch einen haltenden Wagen auf der Römerbrücke beobachtet haben, etwa an der Stelle, wo wir Domski gefunden haben. Zwei Männer standen an der offenen Kofferraumklappe. Er konnte weder eine Personenbeschreibung abgeben, noch hat er auf Automarke und Typ geachtet. Am Montagmorgen kommt er her, um seine Aussage zu machen.«

»Zwei Männer, das passt nicht zu der Aussage des alten Hausmeisters.«

»Und wenn sie sich unterwegs jemanden zur Verstärkung geholt haben«, spekulierte Gabi. »Und wo?« Sie schaute Grabbe erwartungsvoll an.

»Auf der *Neptun*?«, antwortete Grabbe wie ein zaghafter Schüler beim Abfragen.

»Bingo!«

»Du hattest verdammtes Glück, dass nicht mehr passiert ist«, Sattler sah Gabi an und zeigte auf zwei schwarze Kabel auf dem Labortisch. »Die Geschichte mit den Bremsen an deinem *BMW* geht eindeutig auf Manipulation zurück.«

Sattler war nur unter großem Murren am Samstagnachmittag ins Präsidium gekommen. Nun schien ihn die Arbeit von seinem Frust abgelenkt zu haben.

»Kann das auch ein Marder gewesen sein?«, fragte Grabbe, der sich über den Tisch beugte.

»Das Bremssystem ist zweifach angelegt, jeweils diagonal zu den Rädern.« Der Techniker begleitete seine Worte, indem er mit der Hand ein X in die Luft zeichnete. »Also, sollte bei einer Bremsleitung die Flüssigkeit austreten, könnte man den Wagen immer noch stoppen, weil dann entweder vorne links und hinten rechts oder vorne rechts und hinten links noch volle Bremskraft auf den Rädern wäre. Und in deinem Fall«, wendete sich Sattler an Gabi, »hat sich jemand die Mühe gemacht, sich unter dein Auto zu legen und beide Bremsleitungen zu durchtrennen. Jemand, der eindeutig Fachkenntnis besitzt.«

»Was macht man eigentlich«, Walde bemühte sich, die Frage so beiläufig wie möglich zu stellen, als er später mit Grabbe die Treppe hinunterging, »wenn man irgendeinen Kram per Post geschickt bekommt, den man nicht bestellt hat?«

»Wegwerfen«, antwortete sein Kollege lapidar.

»Ich denke da an Waren mit Rechnung.«

»Am besten nimmt man nichts an. Und wenn die Sendung angenommen wurde, schickt man sie ungeöffnet zurück.«

»Aber ich hab schon reingeguckt«, rutschte es Walde heraus.

»Dann würde ich das zu vertuschen versuchen«, sagte Grabbe.

»Vielleicht ist das derselbe«, hörte Walde hinter sich Gabi sagen, die gelauscht haben musste, »der mir die Bremsschläuche durchgeschnitten hat?«

Sonntag

Das für Samstagabend geplante Ausgehen hatten Doris und Walde auf den Sonntagabend verschoben. Als sie aus dem Restaurant kamen, wollte Doris noch einen Cocktail in ihrem Lieblingslokal trinken. Gegen dreiundzwanzig Uhr erlösten sie zu Hause Marie, die Annikas Schlaf bewacht hatte.

Walde musste noch die übliche Runde mit Quintus drehen. Als er die Wohnung verließ, hatte Doris ihm mit einem vielsagenden Gesichtsausdruck zugeflüstert, sie werde wach bleiben.

Wenn sich keiner von ihnen beiden freiwillig bereit fand, gab es die Regel, dass sich Walde an geraden und Doris an ungeraden Tagen um das ausgeprägte Bewegungsbedürfnis des Malamuts kümmerte.

Walde duckte sich unter den großen Schirm, auf den ein heftiger Regen niederprasselte. Quintus bestimmte den Weg, der sie auch heute durch die dunkle Allee hinunter zur Mosel führte.

Da aufgrund der späten Stunde und des schlechten Wetters kaum mehr Leute auf dem Leinpfad unterwegs waren, beschränkte sich Walde zumeist darauf, mit gesenktem Kopf zu gehen, um den größten Pfützen auszuweichen.

Als er Quintus von der Leine ließ, rannte der gleich zum Fluss hinunter und schnappte sich einen langen Ast, der sich im Ufergestrüpp verfangen hatte und noch zum größten Teil in das schnell fließende Wasser ragte. In dem Moment, in dem Quintus den Ast aus dem Gestrüpp befreit hatte, wurde die Kraft des Wassers so stark, dass der Hund fast in den Fluss gezogen wurde.

»Quintus, lass los!«, rief Walde besorgt, doch der Hund setzte nun seine Kräfte ein und rang der Mosel schließlich den Ast ab.

»Du wirst wieder schön stinken, wenn wir nach Hause kommen!«, schimpfte Walde, während er kehrtmachte und den Weg zurück in Richtung des kleinen Hafens einschlug. Quintus trabte jetzt neben ihm. Ab und zu ließ er den Ast fallen, um ihn in anderer Position wieder zwischen die Zähne zu klemmen.

Nachdem sie unter der Kaiser-Wilhelm-Brücke hindurch waren, steuerten sie auf den Weg zu, der nach oben zu den verwaisten Terrassen von Zurlauben führte.

Die dunklen Konturen der *Neptun* hoben sich wie ein riesiges schlafendes Krokodil von den Lichtern der Brücke ab.

Quintus ließ den Ast fallen, während Walde vom Uferweg hoch zum Damm ging. Nach ein paar Schritten drehte er sich um. Der knorrige Ast lag quer über dem Weg. Er schaute den Uferweg hinunter, von Quintus war nichts zu sehen. Dann machte er eine Bewegung am Ufer aus und erhaschte noch einen Blick auf den wippenden Schweif des Hundes, der über die Landebrücke in Richtung *Neptun* verschwand.

»Quintus, hierher!«, rief Walde.

»Hast du Hunger?«, fragte Martin Kotte, als er Gabi kurz nach 23 Uhr die Tür öffnete und sie umarmte.

Sie trat einen Schritt zurück und fixierte seine rotgepunktete Fliege über dem weißen Hemd.

»Du bist aber sehr direkt!« Sie lachte. »Oder willst du etwa so spät abends noch etwas essen?«

Gabi war zum ersten Mal in Martins Wohnung. Sie wich einem Paar schmutziger Laufschuhe aus, unter denen zum Schutz der Fliesen eine Zeitung lag. Mit schräg gelegtem Kopf las sie im Vorbeigehen an einem Bücherregal ein paar Titel. Es schien sich ausschließlich um psychologische Fachliteratur zu handeln, teils in englischer Sprache. Das Regal reichte vom Boden bis zur Decke und lief im Flur um die Ecke. Gabi folgte Martin in ein karg möbliertes Wohnzimmer, an das sich ein Wintergarten anschloss. Auf einer Designerliege aus schwarzem Leder lag ein Buch mit rötlichem Einband.

»Du liest Shakespeare im Original?«

»Eigentlich komme ich meistens nicht einmal dazu, in meine Fachzeitschriften zu sehen.«

Gabi trat hinaus und lehnte sich an das Geländer vor den bodentiefen Fenstern. Martin stellte sich neben sie und legte mit leichtem Druck einen Arm um ihre Taille.

Die Wohnung befand sich im vierten Stockwerk. Sie bot einen freien Blick über den südlichen Teil der Innenstadt bis hinauf zur Kapelle und der Mariensäule auf dem Markusberg.

»Sieht aus wie die Kaaba in Mekka.« Gabi deutete auf einen dunklen Kubus, der zwischen den Häusern herausragte.

»Das ist der Bühnenaufbau des Stadttheaters, und das Ungetüm daneben ist der Hochbunker. Aber das kennst du doch alles besser als ich.«

»Nicht aus dieser Perspektive«, sie steckte eine Hand in seine Gesäßtasche.

»Was möchtest du trinken, Roten oder Weißwein?«

»Roten, aber nur ein Glas und Wasser, ich muss morgen arbeiten.« Sie stieß sich von dem Geländer ab. »Wo finde ich die Küche?«

»Im Flur rechts, aber ich mache das schon.«

»Ich möchte gerne deine Wohnung sehen, aber ich kann auch meine Erkundungstour in deinem Schlafzimmer starten und deine Fliegen zählen.«

In der Küche standen zwei Umzugskartons.

»Noch nicht alles ausgepackt?«, fragte sie.

»Doch, doch.« Martin drehte den Korkenzieher in die Flasche. »Da ist nur Kram drin, den ich bisher nicht gebraucht habe.«

»Ich tippe mal auf Pfannen und Töpfe.«

Auf der *Neptun* brannte kein Licht, die Arbeiter schienen bereits in ihren Kojen zu liegen. Zögernd setzte Walde einen Fuß auf den Steg, unter dem das schnell fließende Wasser dahinrauschte. Das Tor mitten auf dem Steg war noch offen. Aus Rücksicht auf die schlafenden Arbeiter wollte Walde den Hund nicht laut zurückrufen. War überhaupt jemand an Bord? Weder über der Reling noch sonstwo an Deck sah er Kleidung hängen. Quintus war verschwunden. Walde ging bis zum Ende des

Stegs und entdeckte etwa in der Mitte des Schiffs einen schwachen Lichtschein in drei der kleinen Bullaugen knapp über der Wasserlinie.

Vorsichtig setzte er einen Fuß auf die glatten Holzplanken. Nun befand er sich auf der vom Brückenlicht abgewandten Seite. Sein Schirm schleifte an der Verkleidung des Führerhauses entlang. Für einen Moment blieb er bewegungslos stehen und lauschte. Er klappte den Schirm zu und setzte langsam einen Fuß vor den anderen, als er an der Reling entlang bis zu der Stelle schlich, wo er das Licht gesehen hatte. Die Luken lagen unterhalb des Decks. Er kniete sich auf die Planken und spürte, wie die Feuchtigkeit augenblicklich den Stoff seiner Hose durchdrang.

Mit der linken Hand umklammerte Walde vorne den Rand des Holzes, die Fingerspitzen der rechten suchten in einer Ritze Halt. Dabei stieß der Metallverschluss der über seiner Schulter baumelnden Hundeleine klirrend auf den Boden. Walde hielt den Atem an.

Er kroch nach vorn und reckte den Oberkörper unter der Reling hindurch über den Bootsrand hinaus. Er senkte das Kinn bis auf die Brust und blickte durch das Bullauge ins Schiffsinnere.

An einem langen Tisch standen mit grünem Polster bezogene Stühle. Die Wand dahinter war mit vielen Wimpeln und Plaketten bedeckt. Kein Mensch war zu sehen. Walde konnte nur einen Teil des Raumes einsehen. Bei seinem Besuch des Schiffes war er nicht bis hierher gekommen. Nach der Gediegenheit der Einrichtung im Gegensatz zu der einfach möblierten Mannschaftskantine zu urteilen, handelte es sich hier um eine Art Offizierscasino.

Walde kam wieder hoch und kniete sich über das Bullauge nebenan. Diesmal achtete er beim Vorbeugen auf die Hundeleine. Nun konnte er das Ende des Tisches erkennen und eine Sitzecke mit einer halbrunden Bank, die mit dem gleichen Bezug wie die Stühle gepolstert war. Unter einem an dicken Ketten von der Decke hängenden und mit Lampen ausstaffierten hölzernen Steuerruder sah er zwei Männer und eine Frau sitzen. Ob noch mehr Leute in dem Raum anwesend waren, konnte Walde wegen des eingeschränkten Blickfeldes nicht sehen.

Walde erkannte Susanne Hörmann und Thomas Wohlenberg. Der ihnen gegenüber sitzende Mann trug eine Baseballkappe über dunklem Haar. Thomas Wohlenberg redete und gestikulierte dabei heftig mit den Händen. Hier draußen hörte Walde nur das Rauschen des Wassers.

»Suchen Sie was? Kann ich Ihnen helfen?«

Die Stimme ließ Walde zusammenzucken. Seine linke Hand rutschte von der Planke. Der Oberkörper geriet in Schieflage. Seine abgerutschte Hand fand wieder Halt.

»Ja, ich suche meinen Hund.« Walde richtete sich vorsichtig auf und stieß dabei mit dem Kopf an die Reling.

»Ist er in die Mosel gefallen?«

»Ich weiß nicht, er ist hier hoch gelaufen. Ein Malamut, ein Polarhund.«

»Ein Husky?«

»So ähnlich, nur größer.«

»Ach, Sie sind es, Herr Kommissar!«

»Herr Anweber?« Walde hatte den Koch bisher nur in seiner Arbeitskleidung gesehen. Jetzt trug er einen Anzug mit Weste und Krawatte.

»Richtig«, der Mann wies übers Deck, wo das Getrappel von Hundepfoten zu hören war.

»Da bist du ja.« Walde kraulte das nasse Fell des Hundes, bevor er aufstand und Quintus anleinte.

»Dann entschuldigen Sie die Störung, und schönen Abend noch.« Damit ging er mit einem äußerst blöden Gefühl von Bord. Erst oben auf dem Damm, als der Regen wieder stärker wurde, bemerkte er, dass er seinen Schirm auf dem Deck der *Neptun* liegengelassen hatte. Zurückgehen wollte er nicht mehr.

Es blieb nicht bei einem Glas Rotwein. Der ersten CD von *Gotan Projekt* folgte eine zweite. Die spärliche Möblierung von Martins Wohnzimmer ließ ihnen viel Platz zum Tanzen. Bei Gabi hatte sich die Lockerheit eingestellt, die sie so beim Paartanz bisher in ihrem Leben nur bei Martin empfand. Bei den ersten Schritten hatte er den Tango noch leise angezählt, die ersten beiden langsam, die folgenden drei schnell.

»Mach keinen Schritt, wenn du ihn nicht fühlst«, flüsterte er ihr ins Ohr und kicherte. »Das hab ich aus irgendeinem Film. Wenn du magst, können wir ihn uns anschauen, es geht ums Tanzen.«

»Ich wüsste etwas, das ich lieber mag.« Sie warf den Kopf in den Nacken und schloss die Augen. Er zog sie an sich, hob sie von den Füßen. Sie atmete seinen Geruch ein, er schwitzte leicht. Dann stand sie wieder auf dem Boden, und er führte sie weiter im Tangoschritt durch den Raum.

»Ich rede nicht gerne beim Tanzen, die Bewegung ist meine Konversation«, sagte er. »Ich lasse mich von der Musik treiben und versuche dir zu vermitteln, wohin ich mich bewege, was als Nächstes kommt. Du besitzt wahnsinnig viel Intuition und Talent.«

»Danke.«

»Dich bei schöner Musik im Arm zu haben, das ist fast besser ...«

»... als Sex?«, fragte Gabi. Als er nicht antwortete, fügte sie an: »Männer, die gut tanzen, sollen sich angeblich auch ganz gut im Bett bewegen.«

»Ich habe bisher nur ganz selten eine perfekte Tanzpartnerin gefunden, und bei dir glaube ich ...«

»Du hast bestimmt eine Menge Frauen durch das Tanzen kennen gelernt!«

»Ich tanze nicht, um Frauen kennen zu lernen, dann könnte ich ja gleich in die Disko gehen, wenn ich das wollte, aber ich will tanzen.«

»Okay, das glaube ich dir, aber die Begleiterscheinungen nimmst du auch in Kauf.«

»Also, wenn du das meinst, was ich denke, dann verwechselst du einen Tangoclub mit einem Taubenschlag. In die Clubs, die ich kenne, kommen meistens Paare, das ist in Kiel nicht anders als hier in Trier.«

»Ich dachte, du kommst aus Rendsburg?«

»Meine Kollegin Corinna hab ich am Rande eines Tanzwettbewerbs in Düsseldorf kennen gelernt. Wir haben als Zuschauer nebeneinander gesessen.«

»Aha, und was ist mit Rendsburg?«

»Deine Körperhaltung hat sich geändert, halte bitte den Rücken gerade«, sagte er.

»Wir waren bei Rendsburg«, wiederholte sie nochmals und verstärkte die Spannung in ihrem Oberkörper.

»Das liegt ganz in der Nähe, du bist die perfekte Tanzpartnerin für ...«

»... warst du mit allen *perfekten* Tanzpartnerinnen im Bett?«

Er schaute sie offen an und lachte.

Zu Hause hängte Walde seine nasse Kleidung zum Trocknen ins Bad und frottierte sich die Haare.

Im Schlafzimmer war es dunkel. Die Vorhänge waren zugezogen. Auf dem Weg zum Bett machte er Doris' helle Haut auf dem dunklen Bettbezug aus. Es schien, als läge sie auf dem Rücken, die Arme über dem Kopf mit den Handflächen nach oben.

»Schläfst du schon?«, flüsterte er, als er sich neben sie legte und eine Hand über ihren nackten Bauch schob.

»So hab ich als Kind dagelegen, wenn ich es vor Angst nicht mehr aushalten konnte.«

»Wovor hast du dich gefürchtet?« Er rückte näher zu ihr. Ihre Haut war ganz warm.

»Ich war zwölf. Meine Eltern sind samstagabends ausgegangen, ich durfte noch eine Eislaufrevue sehen und bin vor dem Fernseher eingeschlafen.« Sie seufzte.

»Ja und?«

»Ich hatte noch nie in meinem Leben solche Angst, ich hab zuerst nicht kapiert, was überhaupt los war.«

»Als du wieder wach wurdest, lief ein Horrorfilm?«, riet Walde.

»Und was für einer, allein bei dem Gedanken daran überläuft es mich heute noch eiskalt.« Er spürte, wie sich bei ihr eine Gänsehaut bildete.

»Das muss ja wirklich schlimm gewesen sein. Ein Kettensägenmassaker?«

»Schlimmer!«

»Vampire?«

»Nein, viel schlimmer!«

»Was denn?«

»Ein Werwolf«, das Wort auszusprechen schien ihr noch heute Schwierigkeiten zu bereiten. »Danach habe ich immer wieder so unheimliche Sachen geträumt, und wenn ich aufgewacht bin, ist die Angst manchmal erst richtig losgegangen. Irgendwann war mir alles egal, denn ich wollte einfach nur noch sterben, und dann hab ich mich so hingelegt.«

Er sah, wie sie, die Arme immer noch über dem Kopf, das Kinn nach oben reckte und ihren Hals dem Monster darbot.

»Übrigens, du muffelst ein wenig«, ihre Stimme klang wieder sachlich. Sie zog hörbar Luft durch die Nase. »Nach Hund und Regen und Moselwasser ...«

Walde sprach tief aus dem Bauch heraus und dehnte dabei jede Silbe: »So riechen Werwölfe.«

Er bleckte die Zähne, packte ihre Arme über dem Kopf und grub seine Zähne in ihren Hals.

Montag

»Die Staatsanwaltschaft hat alles abgelehnt«, sagte Grabbe, noch bevor Walde einen guten Morgen wünschen konnte. »Es gibt keine Durchsuchungsbeschlüsse für die Autos von Susanne Hörmann, Thomas Wohlenberg und Corinna Wieskind. Und aus der Exhumierung wird auch nix.«

»Die Woche fängt ja schon gut an!« Walde lehnte sich an Gabis Schreibtisch, die noch nicht zum Dienst erschienen war.

»Das waren die ersten schlechten Nachrichten«, sagte Grabbe. »Ich hab noch zwei.«

Walde spürte schlechte Laune in sich aufsteigen. Zum einen über die Haltung der Staatsanwaltschaft, zum anderen, dass Grabbe schon am frühen Morgen seine Nerven mit einer Dramapause strapazieren musste. Er atmete hörbar aus. »Ja, dann schieß mal los!«

»Der Hausmeister ist im Krankenhaus an seiner Lungenentzündung gestorben, und der Präsident bittet um deinen Rückruf.«

»Das darf doch nicht wahr sein!« Walde schaute auf seine Uhr. »Was macht denn der Präsi schon so früh im Haus?«

»Das hat wahrscheinlich nichts Gutes zu bedeuten.«

Ein Telefonat schien Walde immer noch besser als eine persönliche Begegnung. Gerade hatte er in seinem Büro die Nummer des Präsidenten gewählt, als dieser zur Bürotür hereinkam. »Störe ich?«

»Ich habe Sie gerade angewählt.« Walde legte den Hörer zurück.

»Blöde Geschichte, das mit dem Verunglückten in der *City-Passage*! Der Oberstaatsanwalt hat mich angerufen, er sieht das genauso. Darf ich?« Stiermann nahm auf einem Stuhl vor Waldes Schreibtisch Platz. »Bei der mehr als dürftigen Aktenlage, es existiert nicht einmal ein unterzeichnetes Zeugenprotokoll, war hinsichtlich der von Ihnen beantragten Durchsuchungsbeschlüsse für die Pkws wirklich nichts zu machen. Nur bei dem Fahrzeug der Altmetallhändler sieht der Oberstaatsanwalt eine Möglichkeit.«

»Und warum nicht für die Fahrzeuge von Corinna Hörmann, Susanne Wieskind und Thomas Wohlenberg?«

»Wie ich schon sagte, die dürftige Aktenlage.« Stiermann zuckte mit den Schultern. Irrte Walde sich oder spielte da ein Grinsen um den Mund des Präsidenten?

»Abgesehen davon, dass äußerst schlampig ermittelt wurde. Es gibt nicht mal eine schriftliche Aussage des Hausmeisters, der ja nun leider verstorben ist. Der Oberstaatsanwalt war etwas ungehalten. Corinna Wieskind ist weder im Besitz eines Autos noch eines Führerscheins.«

»Das scheint uns durchgegangen zu sein«, sagte Walde.

»Das Gleiche trifft auf die Exhumierung zu.« Um Stiermanns Mundwinkel zuckte es.

»Sie können mir glauben, dass ich keinesfalls eine Exhumierung von Rüdiger Wohlenberg beantragt hätte, wenn es nicht gewichtige Gründe dafür gäbe«, sagte Walde.

»Ich kann Sie trösten«, der Präsident konnte nun sein Schmunzeln nicht unterdrücken. »Dr. Hoffmann würde sowieso nichts finden. Rüdiger Wohlenberg wurde ... er wurde eingeäschert!«

Nachdem der Präsident gegangen war, wobei er sich nicht hatte verkneifen können darauf hinzuweisen, dass er den baldigen Abschluss der Ermittlungen wünsche, drehte sich Walde in seinem Stuhl um und schaute auf den Turm der Pauluskirche. Aus den Rundbögen stiegen Tauben auf und verloren sich im Grau der tiefhängenden Wolken.

So schnell die Regenwolken vom Wind getrieben wurden, so schnell war Walde mit einem Schlag der Wind aus den Segeln genommen worden.

Domski hatte wahrscheinlich belastendes Material verschwinden lassen und war dabei von der Treppe gestürzt. Die anderen Beteiligten hatten alles daran gesetzt, von der Baustelle und dem Penthouse abzulenken. Waldes Team war rasch auf die Spur der Leute gekommen, die vermutlich hinter dem Wegschaffen der Leiche und den Machenschaften um den Verkauf des Penthouse steckten. Aber nun waren die Ermittlungen in eine Sackgasse geraten. Ab jetzt würde er nicht mehr ohne weiteres in dem Fall weiterermitteln können. Sollte er sich Urlaub nehmen, obwohl Harry bereits im Dezernat fehlte?

Walde wusste nicht, wie lange er vor sich hin gegrübelt hatte, als hinter ihm die Tür geöffnet wurde. Er drehte sich um und sah Gabi hereinkommen.

»Schöne Scheiße!« Sie humpelte leicht, als sie zu seinem Schreibtisch kam und sich auf dem Stuhl niederließ, auf dem vorhin der Präsident gesessen hatte. »Das ist wirklich peinlich, was wir da an die Staatsanwaltschaft gegeben haben. Ich hab gerade das Fax von denen bekommen. War der Präsi deshalb da?«

Walde nickte.

»Hab ich mir gedacht, dass der sich die Häme nicht entgehen lassen wollte.« Sie nahm einen Stein von Waldes Schreibtisch und drückte ihn fest in der Hand. »Das Schreiben an die Staatsanwaltschaft geht auf meine Kappe. Ich könnte mir in den Hintern beißen, dass ich denen die Munition gleich mitgeliefert habe. Hätte ich Grabbes Papiere aufmerksamer gelesen, wäre das nicht passiert.« Sie legte den Stein zurück. »Jetzt wird es schwierig weiterzumachen. Ich hab immer noch Schmerzen an der Achillessehne. Am besten geh ich zum Arzt und lass mich krankschreiben.«

»Dann fehlen uns zwei Leute, Harry kommt erst in zwei Wochen zurück.«

»Aber es kriegt keiner mit, wenn ich noch ein bisschen an dem Fall arbeite, was jetzt offiziell problematisch werden wird. Ich kann mich sowieso nicht richtig konzentrieren.«

»Verliebt?«

»Wie kommst du denn darauf?« Ihre Stimme wurde lauter.

Als Walde nicht antwortete, sagte sie: »Keine Ahnung, das letzte Mal ist so lange her, dass ich nicht mehr weiß, wie sich das anfühlt.«

»Wie schlimm ist denn die Geschichte?«

»Warum, das fühlt sich doch nicht schlimm an?«

»Ich meine deine Achillessehne.«

»Ist schon etwas besser geworden.« Sie winkte ab. »Was ist jetzt, soll ich mich krankschreiben lassen und ein wenig privat ermitteln?«

»Das ist kaum möglich. Allein schon die Hörmann, jedes Mal, wenn wir mit der gesprochen haben, hat sich Stiermann gleich gemeldet. Die hat einen Draht zum Chef.«

»Der Präsi hat doch nach dem Oberbürgermeisterwechsel gar nicht mehr den Druck aus dem Rathaus, wenn es um Besitzstandswahrung von Bonzen geht! Er reagiert nur noch aus alter Gewohnheit mit seinem vorauseilenden Gehorsam.«

Walde hatte sich wieder mit seinem Stuhl zum Fenster gedreht und wandte ihr den Rücken zu.

»Du wirst doch jetzt nicht aufgeben?«, fragte Gabi mit unsicherer Stimme.

Walde schaute stumm hinaus in den trüben Morgen. Er spürte die Ratlosigkeit geradezu körperlich. Sein Oberbauch fühlte sich an, als dränge ein aufgeblasener Ballon seine Organe zur Seite und erzeuge eine Beklemmung, die seine ganze Aufmerksamkeit auf sich lenkte. Sein Denken schien gelähmt.

Dort, wo vorhin die Tauben waren, landeten nun zwei Elstern. Ihre hellen Schwänze wippten, während die

Vögel auf den Sandsteinsimsen der Fenster im Glockenturm saßen und in das Innere äugten.

Walde schloss die Augen. Er atmete tief ein, seufzte und schüttelte dabei den Kopf. »Und ausgerechnet jetzt muss auch noch der Hausmeister sterben!«

»Du willst alles hinschmeißen?«, hörte er Gabi hinter sich sagen. »Denk mal an meine durchgeschnittenen Bremsschläuche. Wir müssen da jemandem zu nahe gekommen sein.«

»Hm.« Walde zog die Schultern hoch. »Gibt es schon was Neues von diesem Studenten, dem Zeugen von der Brücke?«

»Der ist gerade bei Grabbe. Und Meyer hat noch das Rad von der Baustelle, ein lila Damenrad, Sattler wird es sich nachher mal genauer ansehen.«

Grabbe war bereits mit dem Protokoll des Zeugen fertig, als Walde und Gabi zu ihm ins Büro kamen.

»Der Student hat nichts Genaues gesehen, hatte wohl in der Luke oder wie die Kneipe heißt, einiges gebechert.« Grabbe deutete eine Trinkbewegung an. »Keine Automarke und kein Autotyp. Er ist sich aber immerhin sicher, dass es zwei Männer waren, die er auf der Römerbrücke in der Nacht zum Mittwoch gesehen hat. Ihr Wagen stand dort auf dem Bordstein mit geöffneter Heckklappe, etwa auf Höhe des Pfeilers, wo später die Leiche gefunden wurde.«

Walde berichtete seinem Kollegen vom Gespräch mit dem Polizeipräsidenten und seiner Absicht, die Ermittlungen am Abend einzustellen.

»Wir haben zu wenig, um eine groß angelegte Untersuchung zu rechtfertigen. Ein Mord an Rüdiger Wohlenberg kann ebenso wenig nachgewiesen werden wie ein Betrug an Frau Wohlenberg, obwohl wir wissen, dass da was faul ist und auch die Personen kennen, die beteiligt sind. Offiziell bleibt uns eigentlich nur der Fall Niklas Domski.« Seine Miene hellte sich etwas auf, als er fortfuhr. »Da fällt mir ein, ich hab gestern Abend die Hörmann und den Neffen der Wohlenbergs auf der *Neptun* gesehen.« Walde spürte, wie sich bei ihm langsam wieder der Tatendrang einstellte.

»Wie kamst du auf die *Neptun*?«, fragte Grabbe.

»Quintus ist aufs Deck gelaufen.« Walde schaute zu Gabi. »Dein Martin war vielleicht auch dabei.«

»Mein Martin«, wiederholte sie. »Hat Monika gequatscht?«

»Der Mann hat mir den Rücken zugedreht«, fuhr Walde fort, »er trug eine Kappe.«

»Kann eigentlich nicht sein, was sollte Martin da?«, sagte Gabi. »Weißt du überhaupt wie er aussieht?«

Grabbe nahm blitzschnell ein Blatt Papier von seinem Schreibtisch und drehte es zu Walde. »So sieht er laut Passfoto aus.«

»Das Gesicht sagt mir auf Anhieb nichts, ich hab den Mann im Offizierscasino nur von hinten sehen können.« Walde wandte sich wieder an seine Kollegin. »Warum kann ich ihn nicht gesehen haben, warst du gestern Abend mit ihm zusammen?«

Sie nickte. »Wir haben uns später noch getroffen.«

»Wann?«

»Ist das Gespräch jetzt dienstlich oder privat?

»Weiß ich nicht genau«, seufzte Walde. »Antwortest du mir bitte?«

»Martin hat mich gegen elf angerufen, und dann bin ich noch zu ihm rüber.«

»Wie lange?«

»Das geht dich nichts an.«

»Okay, hab verstanden, das genügt mir.«

»Wie, was genügt dir?«

»Ich schließe aus deinen Antworten, dass Martin Kotte nach dreiundzwanzig Uhr nicht mehr auf die *Neptun* zurückgegangen ist.«

»Wenn er vorher überhaupt da war«, sagte Gabi.

»Machst du dir eigentlich keine Gedanken darüber, wer die Bremsschläuche an deinem Wagen zerschnitten hat?«

»Ich hab mir in den letzten Jahren einige Feinde gemacht, die für so was in Frage kämen. Das kann auch noch ein Kandidat sein, der mich von der Zeit, als ich bei der Sitte war, auf seiner Denkzettelliste stehen hat. Ich hab Grabbe gebeten, mal zu checken, ob letztens einer meiner speziellen Freunde aus der Haft entlassen wurde.«

»Bei aller Ruppigkeit, die du bei deinem Job manchmal an den Tag legst, aber du bist immer direkt und gradlinig vorgegangen.« Walde kratzte sich am Hinterkopf. »Wer wusste denn, dass du am Tangoclub parkst?«

»Du verdächtigst jemanden vom Tangoclub?«

»Jedenfalls habe ich am Sonntagabend nur einen Teil

der Gesellschaft in der *Neptun* sehen können. Kann sein, dass noch mehr Leute da waren, aber ich wurde leider gestört. Martin Kotte kann vorher gegangen sein.«

»Was sollte er auf der *Neptun* zu schaffen haben?«, fragte Gabi »War auch die Wieskind dabei?«

»Kann sein. Weiß nicht.«

»Du sagst, du wärst gestört worden?«, fragte Grabbe.

»Dieser Koch, der Anweber, stand auf einmal neben mir an Deck. Die Situation war ziemlich peinlich.« Walde schüttelte den Kopf, als wolle er die Gedanken an den Vorfall vertreiben. »Auch wenn wir keinen Durchsuchungsbeschluss haben, so sollten wir zuerst Frau Wieskind und Thomas Wohlenberg befragen. Der hat doch ein Immobilienbüro, hast du die Nummer?«

»Ja, der verkauft Immobilien«, sagte Grabbe.

»Das ist anzunehmen«, erwiderte Gabi genervt.

»Wisst ihr auch, welche?«, fragte Grabbe in einem Ton, der klar machte, dass er es wusste.

»Nein«, seufzte Walde. »Bitte, sag es uns!«

»Er vermarktet Läden, Büros und Praxen in einem neuen Großprojekt ...«

»In der neuen *City-Passage*?«, unterbrach ihn Gabi.

»Stimmt! Und das war vielleicht die Gegenleistung für das Entgegenkommen seiner Tante«, sagte Grabbe.

»Ich denke mal, eine davon.«

»Es handelt sich immerhin um 20.000 Quadratmeter in 1a-Lage! Da gibt es eine riesige Courtage.«

»Wann ist der Hausmeister gestorben?«, fragte Walde.

»Heute Nacht, glaube ich«, antwortete Grabbe. »Ich

hab mit seiner Frau gesprochen. Sie war völlig aufgelöst und meinte, gestern Abend schien es ihm noch besser zu gehen.«

Walde stöhnte. »Oh Gott.« Er schlug sich an die Stirn. »Ich hab der Hörmann mit der Gegenüberstellung eines Zeugen gedroht, der in der Nacht zum Mittwoch auf der Baustelle patrouillierte!«

»Hast du gesagt, dass es sich um den ehemaligen Hausmeister Kaspar Schreiner handelt?«

»Nein, aber der alte Mann war kein Unbekannter.« Walde eilte zur Tür. »Ich fahr hin.«

»Wohin?«, rief ihm Gabi nach.

»Ins Krankenhaus.«

Wie sie an der Pforte erfuhren, wurde Kaspar Schreiner nicht mehr als Patient geführt. Man teilte ihnen nur mit, wo er wahrscheinlich behandelt worden war.

Die Stationsschwester folgte ihnen über den Flur. Gabi und Walde hatten sich bei ihr ausgewiesen und die Nummer des ehemaligen Zimmers von Kaspar Schreiner erfahren. Einige Türen zu den Krankenzimmern standen einen Spalt offen, auch die mit der Nummer, die Walde und Gabi suchten. Ein kleiner Wagen voller Reinigungsutensilien stand davor. Als sie eintraten, trug eine Frau in hellblauem Kittel einen Putzeimer heraus. Drinnen glänzte das Linoleum nass.

»In welchem von beiden ist er gestorben?«, fragte Walde die Schwester. Zwei leere Betten standen hintereinander an der Wand, beide mit hellblauen, durchsichtigen Kunststofffolien überzogen. An einem Haken neben einem Bild mit Sonnenblumen hing eine leere Jutetasche. An der gegenüberliegenden Wand standen drei blank gewischte weiße Nachttische. Gabi stellte geräuschvoll ihre Tasche auf einen kleinen Tisch.

»Das Bett ist zur Reinigung im Keller«, antwortete die Schwester.

»Und der Tote?«, fragte Walde.

Vom Gang her dröhnte ein unangenehmer elektronischer Warnton.

»Der auch«, die Schwester löste mit dem Fuß die Sperre an einem der beiden Betten und schob es mit der Kopfseite an die gegenüberliegende Wand, »falls er noch nicht abgeholt worden ist.«

»Wie bitte?«, fragte Walde. Draußen hielt der Ton an.

»Vom Bestattungsinstitut«, kam Gabi ihrem Kollegen zu Hilfe. Dann wandte sie sich an die Schwester. »Wann ist Herr Schreiner gestorben?«

»Darüber sollten Sie mit der Stationsärztin sprechen, sie müsste bald von der Visite zurückkommen.« Sie schob das zweite Bett an die Wand.

»Gab es weitere Patienten im Zimmer?«

»Nein, Herr Schreiner lag seit Sonntagmorgen allein.«

Immer noch ertönte draußen das Signal.

»Ich muss dann mal.« Die Krankenschwester hielt sich einen Finger ans Ohr und ging zur Tür. »Dieses Zimmer wird übrigens gleich wieder belegt werden.«

Als sie allein waren, ging Gabi in den kleinen Vorraum hinter der Eingangstür.

»Was denkst du, sollen wir Sattler rufen?« Sie öffnete die Tür zum Bad.

»Was soll der denn hier?«

»Vielleicht findet sich was in seiner Wäsche«, sie öffnete nacheinander drei Schranktüren. Alle Fächer waren leer.

»Oder in der Bettwäsche?« Gabi ließ die dritte Tür zuschnappen.

»Bettwäsche!«, empörte sich Walde. »Hier gibt's weit über tausend Patienten! Kannst du dir einen Begriff davon machen, was für Wäscheberge hier täglich anfallen? Außerdem sollten wir erst mal wissen, woran Kaspar Schreiner gestorben ist.« Er ging zur Tür. »Ich sehe nochmal nach der Stationsärztin.«

Gabi blieb allein im Zimmer zurück. Sie zog die Schublade an einem der Nachtschränke auf. Sie war genauso leer wie die beiden Fächer hinter der Klappe darunter. Bei den anderen beiden Schränkchen war es nicht anders.

Sie trat an das nur einen Spalt geöffnete Fenster und spürte die kühle Luft hereinströmen. Für einen Moment überlegte sie, ob sie hier eine Zigarette rauchen könnte.

Von draußen war erneut das enervierende Gequäke von einem Zimmerruf zu hören. Gabi griff nach ihrer Tasche. Im Vorbeigehen streifte sie den Kunststoffbezug über dem ersten Bett und verschob ihn dabei ein wenig. Während sie ihn richten wollte, ging die Tür auf, und ein Bett wurde hereingeschoben. Darin lag ein junger Mann, der seinen Kopf ein wenig hob, als er sie erblickte. Er bat den Pfleger, der das Bett schob: »Könnte ich bitte ans Fenster?

Gabi war der Weg zur Tür versperrt. Sie wich zum Fenster aus und beobachtete, wie der Pfleger das mittlere Bett in Richtung Tür verschob und sich dann an das zweite Bett machte, das am Fenster stand. Wieder löste sich der durchsichtige hellblaue Bezug. Gabi trat heran. Ein Zipfel des glatt gebügelten Kopfkissenbezugs war zu sehen. Gabi deckte es ganz auf. Der helle Stoff wirkte glatt und sauber. Sie drehte das Kissen um. Überrascht ließ sie es los und zog einen dünnen Gummihandschuh aus ihrer Tasche, bevor sie diese Seite genauer in Augenschein nahm.

Die kleinen Fältchen im Bezugsstoff waren ihr gleich ins Auge gefallen. Nun sah sie einen Fleck, etwas größer als eine Zwei-Euromünze, eigentlich war es kein Fleck, sondern die getrocknete Begrenzung eines ansonsten unsichtbaren Flecks.

Sie nahm ihr Mobiltelefon aus der Handtasche.

»Hier können Sie nicht mit dem Handy telefonieren!«, sagte der Pfleger. »Was machen Sie hier eigentlich?«

»Ich muss Sie bitten, hinauszugehen.« Gabi tippte Sattlers Kurzwahl ein. »Und nehmen Sie den Patienten gleich wieder mit, hier wird demnächst die Kriminaltechnik anrücken.«

»Ja«, der junge Mann schien ein wenig ratlos, »ist das denn mit der Station abgestimmt?«

»Tun Sie bitte, was ich sage!« Gabi hielt ihm ihren Dienstausweis entgegen, während sie hörte, dass Sattler sich meldete.

Während Walde auf dem Flur einer alten Frau auswich, die mit langsamen, kleinen Schritten eine Gehhilfe vor sich herschob, achtete er auf die Beschriftung der Türen rund um das verglaste Stationszimmer. Endlich fand er den Raum der Stationsärztin. Sein Telefon klingelte.

Grabbe berichtete: »Sattler hat verwertbare Fingerabdrücke auf dem Rad von der Baustelle gefunden, der Sattel ist recht tief gestellt, und das Rad hat die Nummer fünf auf dem Rahmen.«

»Was soll das bedeuten?«, fragte Walde.

»Der oder die Fahrerin ist nicht sehr groß und das Rad ist geliehen.«

»Ein Fahrradverleih?«

»Möglich«, sagte Grabbe und fügte schnell an, als befürchte er, Walde würde ihm eine andere Aufgabe zuweisen. »Falls du mich jetzt nicht brauchst, gehe ich rüber zum Grundbuchamt.«

»Alles klar.« Walde legte auf und drückte den Griff der Tür zum Arztzimmer. Sie war abgeschlossen, wie er befürchtet hatte

Er schlenderte weiter bis zu dem großen Fenster am Ende des Flurs. Die Aussicht ging auf weitere Gebäude des Krankenhauses, nur von einem kleinen Grünbereich mit niedrigen Bäumen von dem getrennt, in dem er sich befand.

Als er sich umdrehte, erblickte er Gabi weit hinten im Flur. Sie winkte ihn energisch zu sich.

»Ich hab was entdeckt!« Gabi versuchte, ihre leicht aufgeregt klingende Stimme zu dämpfen. »Sattler ist hierher unterwegs, die Stationsschwester hat die Ärztin angepiepst, und Hoffmann hat eine schnelle Obduktion versprochen ...«

»Was ist mit dem Präsi und der Staatsanwaltschaft?« Walde hatte ebenfalls seine Stimme gesenkt, weil der junge Mann in dem Krankenbett auf dem Flur sie aufmerksam beobachtete.

»Darum kümmert sich Monika.« Gabi zog sich den Gummihandschuh ab.

»Und das hast du alles ... ich war doch höchstens drei Minuten weg?« Walde legte einen Arm um die Schulter seiner Kollegin und wollte sie sanft in Bewegung setzen.

»Schau es dir an«, sie entwand sich seinem Arm und ging schnellen Schrittes zum Zimmer, in dem der Hausmeister gelegen hatte.

Als sie Walde die Spuren auf dem Kissen zeigte, schaute der zuerst ratlos.

»Das sollten wir mit der DNA des Toten abgleichen«, erklärte Gabi. »Es könnte sein, dass der alte Mann damit erstickt wurde.« Sie ging zu dem anderen Bett, schlug die Folie zurück und nahm das Kopfkissen hoch. Es war auf beiden Seiten makellos. »Ich hab Hoffmann in der Gerichtsmedizin erreicht. Er könnte noch heute Morgen mit der Obduktion ...« Sie brach ab, weil die Tür des Krankenzimmers mit Schwung geöffnet wurde und eine weiß gekleidete Frau hereinkam.

Ohne sich vorzustellen, fragte sie: »Können Sie mir bitte sagen, was hier los ist? Ich habe wegen Ihnen die Visite unterbrechen müssen.«

Walde zeigte ihr seinen Dienstausweis. »Kripo Trier,

mein Name ist Waldemar Bock, das ist meine Kollegin …«

»Es tut mir leid, ich habe nicht viel Zeit, könnten Sie mir bitte …«

»Mir tut es ebenfalls leid«, riss Walde das Wort wieder an sich. »Dann müssen Sie sich jetzt mal Zeit nehmen. Ich möchte zuerst von Ihnen erfahren, woran Kaspar Schreiner gestorben ist.«

»Ja, ich weiß nicht, was Sie …«

»Nun machen Sie schon!«, drängte Gabi. »Haben Sie den Totenschein für Herrn Schreiner ausgestellt?«

»Ja.«

»Eine natürliche Todesursache, nehme ich mal an, sonst hätten Sie uns ja sicher verständigt.«

Noch während die Ärztin Luft holte, sprach Walde weiter. »Wann ist Herr Schreiner gestorben?«

»Heute.«

»Geht es etwas genauer?«

»Also heute früh um sechs hat er noch gelebt. Beim Servieren des Frühstücks gegen sieben Uhr dreißig ist er dann tot gewesen.«

»Haben Sie noch eine Reanimation versucht?«

»Nein, dafür war es zu spät.«

Kurze Zeit, nachdem Sattler mit seinen Leuten von der Kriminaltechnik mit der Spurensuche im Krankenzimmer begonnen hatte, war die Leiche des alten Hausmeisters zur Gerichtsmedizin im Untergeschoss des Krankenhauses gebracht worden.

Während sie vor der Krankenhauspforte darauf warteten, dass der Pathologe Dr. Hoffmann sie zu sich rief, rauchte Gabi eine Zigarette. Walde versuchte, Corinna Wieskind anzurufen; in ihrer Praxis war der Anrufbeantworter eingeschaltet. Susanne Hörmann war ebenfalls nicht zu erreichen, weder im Kölner Büro der Trading Invest, noch auf der Baustelle oder mobil.

»Ich versuch es mal bei Thomas Wohlenberg«, Gabi nahm ihr Mobiltelefon aus der Tasche. »Ich kann es nicht fassen«, murmelte sie mit der Zigarette zwischen den Lippen. »Hätte ich nicht zufällig das Kissen untersucht, wäre Kaspar Schreiner mit natürlicher Todesursache durchgegangen.«

»Noch steht nicht fest, dass er ermordet wurde«, wandte Walde ein.

Gabi hörte nicht, was ihr Kollege sagte, denn Thomas Wohlenberg meldete sich.

»Herr Wohlenberg, Kripo Trier, Oberkommissarin Wagner, ich möchte Sie persönlich sprechen.«

»Ich bin in Essen.«

Sie war einerseits erleichtert, als er ihr mitteilte, er sei in Essen, weil er sich bei einer direkten Konfrontation sicher an die Begegnung im Tangoclub erinnern würde. Womöglich könnte Martin auf diesem Weg erfahren, dass sie bei der Polizei arbeitete und somit indirekt auch hinter ihm herschnüffelte.

»Wann könnten Sie ins Präsidium kommen?«

»Ich bin auf dem Weg zu einem wichtigen Gespräch in der Zentrale eines Warenhauskonzerns, das in Trier eine neue Filiale zu eröffnen gedenkt. Worum geht es denn?«

»Das ist ein großer Auftrag für Sie?« Gabi hätte zu gern den Standort des Mobiltelefons ihres Gesprächspartners orten lassen, aber das war von hier aus nicht möglich.

»Mit alteingesessenen Trierer Geschäften werde ich keine zwanzigtausend Quadratmeter belegt bekommen, zumal bei diesen Mietpreisen.«

»Zu hoch?«

»Nein, absolut nicht, allein was an Laufkundschaft von und zum Zentral-Parkhaus da täglich vorbeikommen wird ..."

»In Ordnung«, Gabi hatte keine Lust auf sein Verkaufsgesülze. Ein lautes Geräusch wie von einem tieffliegenden Kampfjet kam aus dem Telefon. Sie wartete einen Moment. »Bitte melden Sie sich, sobald Sie zurück sind. Eine Frage hätte ich vorweg. Wie haben Sie Susanne Hörmann kennen gelernt?«

»Sie hat mich angesprochen.«

»Auf der Straße?«

»Na, hören Sie mal. Sie ist auf mich zugekommen, geschäftlich natürlich. Wahrscheinlich hat mich jemand weiterempfohlen.«

Ihr Gesprächspartner war hörbar auf der Hut.

»Soviel ich weiß, betreiben Sie erst seit wenigen Wochen Ihre Immobilienfirma.«

»Na und? Jeder hat mal angefangen.« Wohlenbergs Antwort kam wie aus der Pistole geschossen, als habe er sie sich bereits zurechtgelegt.

»Aber dann gleich mit solch einem Großprojekt?«

»Ist das verboten? Worum geht es eigentlich?«

»Das werden Sie erfahren, wenn wir uns persönlich treffen.« Gabi legte auf.

»Kampfjets im Tiefflug über der Essener Innenstadt?«, wandte sie sich an Walde. »Ich fress einen Besen, wenn der tatsächlich in Essen ist.«

Der Pathologe und sein Assistent hatten noch nicht mit ihrer Arbeit begonnen. Mit dem Diktiergerät in der Linken stand Dr. Hoffmann neben dem Seziertisch, auf dem die magere unbekleidete Leiche von Kaspar Schreiner lag. Die blasse Haut des Toten hatte wohl schon viele Jahre die Sonne nicht mehr gesehen. Nachdem Dr. Hoffmann Gabi und Walde begrüßt hatte, räusperte er sich und holte tief Luft. Walde seufzte innerlich in Erwartung eines von Hoffmanns Witzen, die er sich im Laufe der Jahre immer wieder anhören musste.

»Die einfachsten Morde«, hob der Pathologe an, »sind die ...«

»... an alten Menschen und kleinen Kindern ...«, leierte Gabi den Satz zu Ende. »Das erwähntest du bereits.«

»Besser noch an kranken alten Leuten und kranken kleinen Kindern«, übernahm wieder Hoffmann das Wort.

»Und wenn sie im Krankenhaus liegen, scheint es noch leichter zu sein«, ergänzte Gabi.

»Da magst du leider Recht haben, mal sehen, in einer Stunde wissen wir das besser.« Hoffmann wendete sich an seinen Assistenten, der sich die dicken Brillengläser an seinem Kittel abwischte. »Gottlieb, sind wir soweit?«

Der Assistent setzte die Brille wieder auf, die seine Augen nun mindestens dreimal so groß erscheinen ließ. Ein Anblick, den Gabi und Walde schon kannten.

Hoffmann beschränkte sich darauf, die Arbeit seines Kollegen zu beobachten und dabei hin und wieder etwas in sein Diktiergerät zu murmeln.

Eine knappe Stunde später fuhren Gabi und Walde im Fahrstuhl nach oben.

»Ich hätte ihn schützen müssen!«, sagte Walde mehr zu sich selbst. Hoffmann hatte eindeutig feststellen können, dass der alte Mann erstickt worden war.

»Du hast der Hörmann keinen Namen genannt«, sagte Gabi.

»Sie muss herausgefunden haben, dass Kaspar Schreiner der Zeuge war, der die Frau und den Mann beim Wegschaffen der Leiche auf der Baustelle beobachtet hat. Und zwar vor heute früh!«

»Jemand muss ihr geholfen haben.« Sie ging auf die sich öffnende Tür zu. »Thomas Wohlenberg könnte Kaspar Schreiner gekannt haben.«

»Vielleicht hilft uns die Auswertung der Videoaufnahmen der Kamera im Eingangsbereich. Wir lassen die Bänder mit der Tatzeit abgl ...«

»... weißt du, wie viele Leute in so einer Klinik arbeiten?«, unterbrach sie ihn. »Der Hausmeister ist zwischen sechs Uhr und sieben Uhr dreißig gestorben, da kommen Hunderte hierher zur Arbeit. Das ist wie die Nadel im Heuhaufen.«

»Ist mir klar, Grabbe wird dir helfen, wir benötigen dazu die Bilder aller Tatverdächtigen, Thomas Wohlenberg, Susanne Hörmann, Corinna Wieskind, Kurt Anweber, Rocky und, nicht zu vergessen, Martin Kotte.«

Gabi verdrehte die Augen. Walde fragte sich, ob es wegen der Videoaufnahmen war oder der Erwähnung ihres neuen Lovers.

Im Eingangsbereich der Klinik rief Walde Corinna Wieskind an, während sich Gabi wieder eine Zigarette anzündete. Diesmal erreichte er Corinna Wieskind zwischen zwei Therapiestunden. Er musste ihr energisch klarmachen, dass ein Gespräch mit der Kriminalpolizei nicht wie ein neuer Patiententermin auf die lange Bank geschoben werden konnte. Sie verabredeten sich in der Mittagszeit bei ihr zu Hause.

»Von denen da«, Gabi deutete auf die beiden abgewinkelten Kameras über der Pforte, »besorgen ich mir jetzt mal die Bänder.«

»Am besten kommt einer von der Pforte hinzu, der mit dem Krankenhauspersonal vertraut ist, wenn ihr die Bänder durchseht. Ich fahr dann mal zu Frau Wieskind.«

Es war kurz vor Mittag. Walde entschloss sich, die Zeit bis zu seinem Besuch dafür zu nutzen, zu Hause vorbeizuschauen. In der Wohnung war niemand, ein

Blick durchs Küchenfenster in den Garten sagte ihm, dass Doris mit Quintus unterwegs sein musste.

Als er einen Blick in den Kühlschrank warf, klingelte es an der Wohnungstür.

»Das wurde für Sie gebracht.« Die Nachbarin der Wohnung über ihm lächelte ihn an. In den Händen hielt sie zwei kleine Kartons. Erst nachdem er die Tür wieder geschlossen hatte und die Namen der Absender las, fiel Walde ein, dass er die Frau hätte darum bitten sollen, zukünftig keine Sendungen mehr für ihn anzunehmen. Er öffnete vorsichtig die Sendungen, ohne die Verpackung zu beschädigen. Im ersten Karton fand er eine Büchersendung von einem Buchklub mit Begleitschreiben, in dem er als neues Mitglied begrüßt wurde und eine Rechnung. Im zweiten sendete ihm ein Friseurbedarfshandel eine sündhaft teure Creme, die er angeblich über *Ebay* gekauft hatte.

Kurz nach zwölf fuhr Walde am Amphitheater vorbei die Serpentinen des Petrisbergs hinauf. Er war allein. Gabi wollte nicht bei der Befragung von Corinna Wieskind dabei sein. Martin musste nicht unbedingt von seiner Partnerin aus der Praxis erfahren, dass seine neue Freundin bei der Polizei arbeitete. Das wollte Gabi ihm lieber selbst beibringen.

Der Wagen hatte schnell Höhe gewonnen. Walde fuhr nun langsamer und schaute zwischen Weinstöcken hinunter auf die Stadt, über die ein heller Streifen Sonnenlicht in einer Wolkenlücke wanderte. An der Straße standen nur vereinzelt Häuser. Vor einem mit rotem Backstein verkleideten Bungalow parkte ein schwerer Geländewagen. Soviel zu dem nicht im Besitz befindlichen Auto dachte Walde, als er seinen Wagen daneben abstellte. Ein gleichmäßiges Rauschen drang aus der Stadt herauf.

Corinna Wieskind öffnete ihm mit einem professionellen Lächeln die Tür. Walde schätzte die große dunkelhaarige Frau auf Mitte bis Ende fünfzig.

»Ist es Ihnen draußen zu kühl?«

Als er ihre Frage verneinte, führte sie ihn durch ein terrakottagefliestes Wohnzimmer über eine Terrasse zu einer höher gelegenen Laube neben dem Haus. Auf einem runden Tisch standen zwei Kaffeetassen neben einer Thermoskanne. Von hier hatte man einen freien Blick hinunter zur Stadt auf den Dom und Liebfrauen.

Ein lautes Geräusch lenkte seine Aufmerksamkeit ab. Bald darauf arbeitete sich ein Mann mit einer elektrischen Schere um die exakt gestutzte Hecke herum, die das Grundstück seitlich zum Weinberg abgrenzte. Er trug einen grünen Arbeitsanzug mit Helm und Schutzbrille.

»Ich hasse dieses Motorengeräusch.« Frau Wieskind verzog genervt das Gesicht, während sie Kaffee einschenkte. »Aber seit seiner Pensionierung stürzt er sich geradezu auf alle Renovierungs- und Gartenarbeiten.«

»Ihr Mann«, fragte Walde, »ist schon in Rente?«

»Frühpensioniert«, korrigierte sie. »Erst Tinnitus, dann Burnout, die moderne Schule fordert ihre Opfer.«

»Er macht einen recht fitten Eindruck.«

»Ja, als Chauffeur, Gärtner und Hausmann macht er sich ausgezeichnet.«

Walde verkniff sich dazu eine Bemerkung. »Fahren Sie Rad?«

»Nein.«

»Besitzen Sie ein Rad?«

»Nein, nur mein Mann hat eins.«

»Sie haben einen wunderschönen Blick von hier oben.« Walde blickte zur Stadt hinunter.

»Ja, aber dafür muss man auch einiges in Kauf nehmen. Der ganze Lärm steigt hier hoch. Heute Mittag hab ich vor, zu Hause zu arbeiten. Aber es kann durchaus sein, dass ich mich von meinem Mann wieder in die Praxis fahren lasse, weil es hier unerträglich ist. Presslufthämmer, die Martinshörner, die Bahn, die Huperei und zu allem Übel fahren in letzter Zeit immer mehr Touristenbusse hier hoch, weil die Stadt da oben«, sie zeigte den Hang hoch, »eine Wendemöglichkeit hat bauen lassen.«

»Haben Sie schon einmal darüber nachgedacht, in ein ruhiges Dorf auf dem Land zu ziehen?«

»Ruhiges Dorf!«, sie lachte spitz. »Da kommen wir her. Um halb fünf hat uns die Melkmaschine des Bauern geweckt, natürlich auch sonntags. Wochentags gab es den ganzen Tag Traktoren, Rasenmäher und Kettensägen. Jeden Abend hat die Jugend mit ihren frisierten Mopeds Rennen durchs Dorf veranstaltet. Und wenn man was gesagt hat, dann war man gleich der Buhmann.« Sie winkte ab.

»Wie ich Ihnen am Telefon bereits mitgeteilt habe,

ermitteln wir im Umfeld von Frau Evelyn Wohlenberg. Sie haben ein Gutachten über Sie erstellt?«

Sie nickte.

»Sie sind zu dem Schluss gelangt, Frau Wohlenberg müsse betreut werden?«

Sie nickte wieder.

»Ich habe die Dame im Seniorenheim besucht.« Walde erwiderte den Gruß des Mannes, der nun unterhalb der Laube zum Haus ging. »Ich hatte den Eindruck, dass die Dame geistig noch voll auf der Höhe ist.«

»Das ist der Vorführeffekt. Den kennen Sie doch auch! Sie haben schlimme Zahnschmerzen, und auf dem Behandlungsstuhl wissen Sie nicht einmal, welcher Zahn wehgetan hat. Oder ihr Auto klappert, und bei der Probefahrt mit dem Werkstattmeister ...«

» ... ich habe sie zwei Mal besucht«, sagte Walde.

»Das hat nichts zu bedeuten! Es gibt immer mal wieder helle Momente.«

Aus dem Haus drang das Geklapper von Schubladen und Töpfen.

»Wie oft haben Sie mit der Dame gesprochen?«, fragte Walde.

»Wenn ich Sie recht verstanden habe, sind Sie Kriminalbeamter und kein Psychologe.« Ihr Tonfall hatte jegliche Freundlichkeit verloren. »Bei allem Respekt, ich glaube, ein Urteil über den geistigen Zustand dieser Dame sollten Sie den Fachleuten überlassen.«

»Das werden wir sehen.«

»Was werden wir sehen?« Sie setzte sich auf und straffte ihren Oberkörper.

Von der Stadt erklang vielstimmiges Martinshorn. Als Walde hinuntersah, entdeckte er die Blaulichter in der Ostallee. Zwei Feuerwehrwagen und ein Krankenwagen rasten in Richtung Trier-Nord.

»Ist Frau Wohlenberg selbst auf Sie zugekommen?«

»Das unterliegt der Schweigepflicht.« Ihre rechte Hand wischte nervös über die Tischplatte. »Im Übrigen habe ich mir nichts vorzuwerfen.«

»Seit wann arbeiten Sie mit Martin Kotte zusammen?« Walde beobachtete, wie die Frau sich bemühte, ihre Atmung zu beruhigen.

»Seit drei Monaten nutzen wir die Räume der Praxis gemeinsam. Aber jeder hat seine eigenen Patienten.«

»Wie kam es zu dieser Kooperation?«

»Ich habe schon seit längerem mit dem Gedanken gespielt. Martin Kotte wurde mir empfohlen.«

»Von wem?«

»Von jemandem, den ich fachlich sehr schätze.«

»Ausgerechnet ein Kollege aus Kiel?«

»Ja«, beharrte sie.

»Können Sie mir sagen, wo Sie sich in der Nacht vom Dienstag auf Mittwoch aufgehalten haben?«

»Da war ich zu Hause. Worauf wollen Sie hinaus?«

»Gibt es dafür Zeugen?« Walde ignorierte ihre Frage.

»Ja, meinen Mann.«

»Und gestern Abend zwischen zweiundzwanzig Uhr und Mitternacht?«

Die Frau legte eine Hand auf ihren Bauch und beugte sich etwas nach vorn. »Da war ich auch hier«, stieß sie mit Mühe hervor.

»Und heute zwischen sechs Uhr und sieben Uhr dreißig?«

»War ich zu Hause. Würden Sie mich bitte entschuldigen.«

Sie stand auf und eilte mit kleinen, schnellen Schritten zum Haus. »Ich muss Sie bitten, heute noch ins Präsidium zu kommen«, rief Walde ihr nach. »Wir benötigen Ihre Fingerabdrücke.« Er trank den kalten Rest Kaffee.

Nach einer Weile stand er auf und ging um das Haus herum. Neben seinem Wagen stehend versuchte er Susanne Hörmann auf der Baustelle anzurufen. Dort war sie nicht. In ihrem Kölner Büro hatte man angeblich den ganzen Tag noch nichts von ihr gehört. Ihr Mobiltelefon war ausgeschaltet, sodass er ihr nicht einmal eine Nachricht auf ihrer Mailbox hinterlassen konnte.

*

Im Präsidium fand Walde seine Kollegen Grabbe und Gabi im Konferenzraum der Leitstelle. Dort sahen sich die beiden zusammen mit einem Pförtner die Bänder vom frühen Morgen aus den Videokameras im Eingangsbereich des Krankenhauses an. Ein paar Minuten lang beobachtete er wie sie immer wieder das Bild anhielten, um nicht den Überblick auf dem Monitor zu verlieren, wenn mehrere Leute gleichzeitig auf das Haus zuströmten.

»Der Frühdienst des Pflegedienstpersonals um sechs war zum Glück schon durch«, sagte Grabbe, ohne vom Bildschirm aufzusehen, »aber es kommen immer noch genug Leute aus Verwaltung, Ambulanzen, Laboren, Küche, vom Reinigungsdienst und natürlich Ärzte zur Arbeit. Leider gibt es so früh auch schon Besucher und natürlich Patienten und, und, und.«

»Wie war's im Grundbuchamt?«, fragte Walde.

»Machen wir mal eine Pause?«, fragte Grabbe und hielt ohne eine Antwort abzuwarten, die Geräte an.

»Was halten Sie von einer Rauchpause?«, fragte Gabi den Pförtner.

»In Ordnung, ich komme mit raus, solange ich nicht mitrauchen muss«, antwortete dieser und folgte Gabi aus dem Zimmer.

Grabbe nahm seine Brille ab und fuhr sich mit der linken Hand über Augen und Nase. »Ich war im Gericht wegen der Vormundschaft, also wegen der Betreuung von Frau Wohlenberg, und hab die Gelegenheit genutzt, gleich im Katasteramt nach ihren Grundbucheintragungen zu sehen. Frau Wohlenberg hat keine Einträge, aber …« Er grinste. »Frau Wieskind besitzt zwei weitere Immobilien. Unter anderem ein als Wochenendhaus deklariertes, von der Fläche und Lage her imposantes Anwesen oberhalb eines Dorfs an der Kyll.«

»Wo sie vorher gewohnt hat?«, fragte Walde.

»Residiert ist der bessere Ausdruck«, sagte Grabbe. »Und da ich schon mal an der Quelle war, habe ich auch nachgesehen, wer der frühere Besitzer war. Ein allein stehender Mann, muss wohl verwirrt oder wehrlos genug gewesen sein, dass Frau Wieskind dafür sorgen konnte, dass er in einer Pflegeeinrichtung untergebracht wurde. Ich hab da angerufen. Das ist eine sehr gediegene Einrichtung mit angeschlossenem Bauernhof, wo vornehmlich Menschen mit geistigen Behinderungen arbeiten. Zum einen beliefern sie ein Krankenhaus mit Agrarprodukten, zum anderen kassiert das Krankenhaus, dem die Einrichtung gehört, einen dicken Batzen für Unterbringung und Betreuung.«

»Und die bezahlt der Staat?«

»In den meisten Fällen«, sagte Grabbe. »Die Summe, die der unter Betreuung gestellte Mann von Frau Wieskind für das Haus erhalten hat, hat höchstens für zwei, drei Jahre gereicht, seither muss wohl der Staat herhalten.«

»Und was kriegt Frau Wieskind für das Gutachten im Fall Evelyn Wohlenberg?«

»Es würde mich nicht wundern, wenn sie nach der Eröffnung der *City-Passage* dort in eine schicke Praxis einzieht, mietfrei oder zu einem Spottpreis.«

Walde seufzte.

»Dagegen hätten weder wir noch das Finanzamt eine Handhabe«, fuhr Grabbe fort. »Wie ich gehört habe, ist es nicht ungewöhnlich, dass in neuen Großprojekten hin und wieder ein Laden oder eine Praxis keine oder nur eine ganz geringe Miete zahlt, gewissermaßen als Lockvogel.«

»Mist, hätte ich das vor meinem Besuch gewusst, Frau Wieskind hätte womöglich gar nicht genug Beruhigungstropfen im Haus gehabt.« Walde wurde von seinem klingelnden Mobiltelefon abgelenkt. Die Pforte des Präsidiums teilte ihm mit, dass ein Anwalt ihn dort dringend persönlich zu sprechen wünsche.

Walde versuchte seine Überraschung zu verbergen, als er im Eingangsbereich des Präsidiums Niko Haupenberg sah. Jahre nach seinem Karriereknick verteidigte der ehemals gefragteste Rechtsanwalt der Stadt immer noch seinen Ruf als bestgekleidetster Vertreter seiner Zunft. Erst als Walde die ihm entgegengestreckte Hand des geschäftsmäßig lächelnden Mannes ergriff, entdeckte er die blonde Frau, die sich hinter dem großgewachsenen Anwalt zu verstecken schien.

»Frau Hörmann!« Walde vergaß für einen Moment den Mund zu schließen.

Auf dem Weg zum Vernehmungsraum rief Walde seine Kollegin Gabi zur Unterstützung. Anwalt und Mandantin nahmen auf den unbequemen Stühlen an dem kleinen Tisch Platz, beide lehnten den von Walde angebotenen Kaffee ab.

»Ich habe Sie den ganzen Tag zu erreichen versucht«, eröffnete Walde das Gespräch, während Gabi eintraf und die beiden Besucher begrüßte.

»Meine Mandantin hat sich heute länger mit mir beraten, bevor wir Sie aufgesucht haben.« Haupenberg saß zurückgelehnt auf seinem weit vom Tisch geschobenen Stuhl.

»Haben Sie etwas dagegen, wenn ich das Gespräch aufzeichne?« Walde beobachtete, wie Susanne Hörmann, die Ellenbogen auf dem Tisch, das Kinn auf die Hände gestützt, mit Tunnelblick das Mikrofon fixierte.

»Später vielleicht, ich würde die Unterhaltung zunächst lieber auf informeller Ebene halten.« Der Anwalt verschränkte die Arme. »Darf ich Ihnen einen kurzen Abriss dessen geben, was wir Ihnen mitteilen möchten?«

»Ich bitte darum.« Walde lehnte sich ebenfalls in seinem Stuhl zurück und geriet in den Rauchgeruch, der Gabi umgab.

»Frau Hörmann räumt ein, in der Nacht von letztem Dienstag auf Mittwoch auf einen Anruf von Thomas Wohlenberg hin, mit einem hoteleigenen Leihfahrrad zur Baustelle geradelt zu sein. Dort wurde sie von Herrn Wohlenberg darüber in Kenntnis gesetzt, dass Niklas Domski beim Sturz von einer Treppe tödlich verunglückt war. Anschließend hat sie ihm dabei assistiert, den Verstorbenen in Herrn Wohlenbergs Auto zu verfrachten. Als sie sich weigerte, darüber hinaus bei der Beseitigung der Leiche mitzuhelfen, führte Herr Wohlenberg mehrere Telefonate.

»Haben Sie mitbekommen, mit wem Herr Wohlenberg telefoniert hat?« Walde richtete die Frage an Susanne Hörmann, die in ihrer Haltung verharrte.

»Das ist nicht der Fall«, antwortete Haupenberg. »Dann sind sie zur *Neptun* gefahren, und dort ist jemand zugestiegen. Frau Hörmann wurde an ihrem Hotel auf der anderen Moselseite abgesetzt. An der wahrscheinlich sich zeitnah anschließenden Verbringung der Leiche an den späteren Fundort war sie nicht beteiligt.«

»Ihr Anwalt kann das in noch so schöne Worte kleiden«, schnaubte Gabi, »es ändert nichts daran, dass Sie eine geschlagene Woche lang versucht haben, uns an der Nase herumzuführen.«

»Ich möchte Sie doch bitten, die Contenance zu wahren.« Haupenberg signalisierte mit jeder Faser seines Köpers, dass er nicht hierher gehörte. Seine Welt waren großzügige Räumlichkeiten mit gediegenem Mobiliar, nicht dieses Kabuff, in dem schon nach wenigen Minuten die Luft verbraucht schien.

»Was haben Sie zu dem Ganzen zu sagen?«, fuhr Gabi ungerührt Susanne Hörmann an, die ganz und gar nicht mehr die Ausstrahlung einer erfolgsverwöhnten Managerin hatte und nun hilfesuchend ihren Anwalt anschaute.

»Sie geben doch hier lediglich zu, was wir sowieso schon wissen«, setzte Walde nach. »Das Rad musste über kurz oder lang wieder zurückgegeben werden, sonst wäre es vom Hotel als gestohlen gemeldet worden, und man hätte schnell den Zusammenhang mit Ihnen festgestellt. Zumal wir einen Zeugen haben.«

»Ein alter Herr, dessen Sehvermögen, zumal bei Nacht, in Zweifel gezogen werden kann«, erwiderte Haupenberg.

»Sie scheinen ja bestens informiert zu sein.« Walde warf einen Blick zu Gabi, die ihr Pokerface aufgesetzt hatte. Die beiden wussten also von Kaspar Schreiner, aber offensichtlich nichts davon, dass er tot war.

»Ich habe das Rad beim Nachtportier ausgeliehen und ihn schon seit ein paar Tagen vertröstet.« Die blonde Frau ließ den Kopf aufgestützt und war nur schwer zu verstehen.

»Am nächsten Morgen hat es wohl da, wo Sie es in der Nacht abgestellt hatten, jemandem im Weg gestanden«, sagte Gabi. »Das Rad wurde so ungünstig platziert, dass es meinem Kollegen als gestohlen erschien.«

Frau Hörmann nickte.

»Und dann sind Sie zur Römerbrücke gefahren?«

»Nein, Herr Haupenberg sagte es bereits, Thomas Wohlenberg und ich sind zur *Neptun* gefahren, dort ist jemand zugestiegen.«

»Kurt Anweber?«

Sie nickte. »Und Thomas hat mich rüber auf die andere Moselseite zum Hotel gebracht.«

»Und auf der Rückfahrt haben die beiden Niklas Domski von der Römerbrücke geworfen.«

»Das nehme ich an. Ursprünglich sollte Domski zur *Neptun* gebracht werden, aber in dieser Nacht kehrte erst spät Ruhe auf Deck ein.«

»Und was hatten Sie dann gestern auf der *Neptun* zu besprechen?«

»Es waren einige Dinge schiefgelaufen. Angefangen hatte es damit, dass sich der Abriss des Penthouse verzögerte. Jugendliche feierten da oben Partys. Thomas Wohlenberg war der Meinung, es könnten unter den sich noch dort befindlichen Akten Papiere sein, die nicht in fremde Hände gelangen sollten. Er konnte ja schlecht die Polizei einschalten. Und deswegen ist er mit Niklas Domski noch mal da hoch gegangen. Es ist möglich, dass sie etwas getrunken hatten.«

»Und um was ging es gestern Abend konkret?«

»Ich habe mein Vorhaben bekanntgegeben, mich heute mit Herrn Haupenberg beraten zu wollen und eventuell reinen Tisch zu machen.«

»Was bedeutete, zur Polizei zu gehen?«

Sie nickte.

»Wem haben Sie das gesagt?«, fragte Gabi.

»Thomas Wohlenberg.«

»Und?«

»Der wollte mir das ausreden.«

»Dann hat Ihnen womöglich mein Hund das Leben gerettet«, murmelte Walde.

»Was?«, fragte der Anwalt.

»Wo waren Sie heute Morgen zwischen sechs und sieben Uhr dreißig?«

»Ich?«, fragte Haupenberg konsterniert.

»In Köln«, antwortete seine Mandantin. »Ich bin gegen neun in Richtung Trier losgefahren.«

»Frau Hörmann, wir müssen Sie bitten, vorläufig hierzubleiben.« Walde schob seinen Stuhl zurück.

»Ich möchte Sie daran erinnern, dass Frau Hörmann aus freien Stücken zu Ihnen gekommen ist«, protestierte Haupenberg. »Es liegt weder Flucht- noch Verdunkelungsgefahr vor. Meine Mandantin übt eine verantwortungsvolle Tätigkeit aus, von der viele Arbeitsplätze abhängig sind.«

»Ich habe auch nicht von Festnahme gesprochen. Es handelt sich lediglich um ein paar erkennungsdienstliche Maßnahmen, außerdem müssen wir ihre Aussage protokollieren«, antwortete Walde.

Walde war auf dem Weg zum Konferenzraum der Leitstelle. Gabi rief ihm hinterher: »Was hat Quintus mit der Sache zu tun?«

»Das hab ich doch heute Morgen schon erzählt.« Walde, der ihr mit großen Schritten vorausgeeilt war, wartete, bis sie auf gleicher Höhe mit ihm war. »Als ich Quintus gestern Abend auf die *Neptun* gefolgt bin, hat dieser Anweber mitgekriegt, dass ich den Wohlenberg und die Hörmann dort gesehen habe.«

»Ja und?«

»Da wäre es nicht gerade klug gewesen, die Hörmann um die Ecke zu bringen.«

»Und da hat man beschlossen, den Zeugen zu beseitigen, der die Hörmann indirekt so weit gebracht hat, sich mit einem Anwalt darüber zu beraten, ob sie sich stellen sollte.«

»Pech nur, dass sie heute nicht erreichbar war und so nicht erfahren konnte, dass Kaspar Schreiner tot ist.«

»Jedenfalls sollten wir uns umgehend Wohlenberg und Anweber vorknöpfen.«

»Da seid ihr ja«, begrüßte sie Grabbe und zeigte zum Monitor. »Ihr müsst euch das angucken!«

Auf dem Standbild waren eine Handvoll Leute zu sehen.

»Der da ganz rechts in der weißen Jacke und dem weißen Käppi.«

»Was ist mit dem?«, fragte Gabi.

»Jedenfalls gehört der nicht zum Personal«, sagte Grabbe. »Er trägt ein Paket unterm Arm ...«

»Kann was für die Küche gewesen sein«, sagte der Pförtner. »Vielleicht irgendein spezielles Diätzeug.«

Gabi blickte aufmerksam auf den Bildschirm. »Lass es bitte noch mal zurücklaufen.«

Grabbe ließ die Sequenz rückwärts laufen und dann beobachteten sie, wie der Mann in einer etwas zu großen weißen Jacke und einer tief in die Stirn gezogenen Mütze sich dem Gebäude näherte.

»Kannst du die Jacke mal ranzoomen?«, fragte Walde.

»Da ist ein Logo oder ein Schriftzug drauf!«, sagte Gabi.

»Das ist doch ...«

»*Neptun*«, komplettierte Gabi.

»Vielleicht hat jemand den Mann auf der Station gesehen. Außerdem müsste er ja auch von der Kamera erfasst worden sein, als er die Klinik verließ.«

»Den Klamotten nach könnte es Anweber sein«, sagte Grabbe. »Sollen wir das SEK einschalten?«

»Nee, das machen wir selbst.« Gabi packte ihre Tasche mit Schwung am Henkel.

*

Der Regen hatte eine Pause eingelegt. Dunkle Wolken bedeckten den Himmel. Obwohl es erst später Nachmittag war, fuhren die Autos bereits mit Beleuchtung.

Am Zurlaubener Hafen rangierten Reisebusse rückwärts aus der Zufahrt, die zu den Passagierschiffen führte. Als Gabi, Walde und Grabbe oberhalb des Damms aus dem Wagen stiegen, schien es noch dunkler geworden zu sein. Jeden Moment würde es wieder zu regnen beginnen.

Die Busse verstellten die Sicht auf den Fluss. Gabi war es, die durch die Scheiben eines der Busse die *Neptun* erblickte und ihre beiden Kollegen zurückhielt.

»Da sind Anweber und Wohlenberg!«

Nun sah auch Walde die beiden Männer auf Deck. Sie schienen heftig miteinander zu streiten und gestikulierten mit den Armen.

Als die drei Polizisten hinter den Bussen hervorkamen und den Damm hinunter freie Sicht auf die *Neptun* hatten, waren die beiden Männer vom Deck des Schiffes verschwunden.

Die Mosel war bis zum Uferweg gestiegen. Auf dem letzten Meter zum Anlegesteg wateten Walde, Gabi und Grabbe durch Flusswasser.

Es begann in dicken Tropfen zu regnen. Weder an Deck noch in den kleinen Luken war Licht zu sehen. Die Arbeiter schienen noch nicht von der Baustelle zurückgekehrt zu sein.

Der Anstieg über den Steg war deutlich steiler, weil die *Neptun* höher auf dem Wasser lag.

Mit schnellen Schritten gelangten sie auf das Schiff. Während sie an der Reling vorbeieilten, sah Walde auf das rasch fließende Hochwasser, das einen Reifen und Bretter mit sich führte, die der Fluss irgendwo vom Ufer gestohlen hatte.

Tief gebückt betrat Walde als Erster das Innere des Schiffs. In dem dunklen Vorraum gab es nur das Licht, das durch den ovalen Eingang hereinfiel. Gabi und Grabbe folgten. Endlich fand Walde den Lichtschalter. Es tat sich nichts.

In dem Moment, als die Tür zufiel, war es stockfinster. Draußen rauschte das Wasser am Schiff entlang, Walde hörte sein heftig pochendes Herz und dann das Knacken eines Druckknopfes. Er prüfte vor jedem Schritt den Boden unter seinen Füßen, die steile Treppe nach unten konnte nicht mehr weit sein.

Der Strahl einer Taschenlampe warf den Schatten seines Körpers an die dunkel vertäfelte Wand gegenüber. Direkt vor Waldes Füßen tat sich schwarz der Fußboden auf.

Gabi leuchtete von oben die Treppe aus, während Walde, gefolgt von Grabbe, hinunterstieg. Auch unten im Flur war der Lichtschalter defekt.

»Anscheinend wurde der Strom abgeschaltet«, flüsterte Grabbe.

Erst jetzt sah Walde, dass sein Kollege eine Waffe in der Hand hielt. Auch Gabi, die nun unten ankam, zog ihre Pistole aus der Handtasche. Sie richtete den Schein der Taschenlampe in den schmalen Flur, von dem links und rechts Türen abgingen.

»Da sind die Kajüten«, erklärte Walde ebenfalls mit gedämpfter Stimme. »Geradeaus geht's zur Kantine.«

»Zuerst gucken wir mal hier nach.« Gabi näherte sich der ersten Tür und winkte mit der Hand, in der sie die Pistole hielt, Grabbe herbei. »Du machst auf, ich gehe rein, Walde sichert den Flur!«

Grabbe drückte mit der linken Hand die Klinke herunter. Gabi war dicht hinter ihm und schob ihn mit der Schulter zur Seite, als er die Tür nicht öffnete.

»Die ist abgeschlossen!«, protestierte er. »Da kann ...«

Ein Geräusch ließ ihn innehalten. Auch Gabi und Walde hatten es gehört. Es schien nicht aus den Kajüten im Flur, sondern von weiter entfernt, hinter der Tür zur Kantine zu kommen. Es hörte sich an, als wäre etwas Schweres umgestürzt.

Dann war es wieder still. Sie lauschten angespannt. Gabi bewegte sich leise durch den Gang in Richtung der Tür zur Kantine. Grabbe und Walde folgten.

Gabi stolperte. Der Strahl ihrer Taschenlampe fiel auf eine helle Jacke, die auf dem Boden lag. Als sie sie mit dem Fuß aus dem Weg schob, war das Logo der *Neptun* zu erkennen.

Wieder übernahm Grabbe die Aufgabe, die Tür zu öffnen. Diesmal war sie nicht abgeschlossen, und Gabi stürmte voraus, gefolgt von ihren Kollegen.

»Polizei, stehen bleiben, Hände hoch!« Gabis Ruf hallte durch den Raum.

Walde blieb neben den beiden stehen. Die Augen weit geöffnet, hielt er den Atem an und lauschte. In dem schwachen Licht, das durch die kleinen Bullaugen an der linken Wand einfiel, waren schemenhaft Tische und Stühle zu erkennen.

Der Strahl von Gabis Taschenlampe streifte von links nach rechts über die Möbel, an der geschlossenen Tür zur Küche entlang bis zu einer Treppe. Der Schein wanderte tiefer und dann in umgekehrter Richtung zurück. Vor der Tür zur Küche lagen Glasscherben am Boden. Darüber kamen ein Feuerwehrschlauch und ein Kasten mit einem roten Kreuz darauf zum Vorschein. Daneben befand sich ein leerer Rahmen mit Glasresten. Walde erinnerte sich, bei seinem ersten Besuch darin einen Hammer oder ein Beil gesehen zu haben. Er schaute nach links durch eines der Bullaugen und sah auf die aus dem Hochwasser herausragende Insel.

»Was ist denn das?« Grabbe richtete seine Pistole zu Boden, duckte sich und schlich nach rechts in Richtung der Treppe. Gabi leuchtete hinter ihm her. Dort lag etwas am Boden. Grabbe bewegte sich zwischen Lichtstrahl und dem Objekt. Es war ein menschlicher Körper, der an der untersten Stufe der Treppe lag. Während Grabbe mit seiner Waffe absicherte, ging Walde neben der Person in die Hocke. Als Gabi den Kopf anleuchtete, erkannte Walde den Mann.

»Es ist Kurt Anweber, der Koch.« Walde legte eine Hand auf die Schlagader am Hals des Mannes. »Er lebt.«

Jetzt sah er auch die dunkel gefärbte Stelle auf dem Teppichboden. Das Blut schien aus einer Verletzung auf der unteren Kopfseite zu kommen.

»Helft ihr bitte mal, ihn zu drehen?«

Weil sie wusste, wie empfindlich ihr Kollege auf Blut reagieren konnte, reichte Gabi die Taschenlampe an Grabbe weiter und half Walde.

»Okay, bringen wir ihn in stabile Seitenlage, eins, zwo, drei!«, gab sie das Kommando. Nachdem Walde und Gabi die Position des verletzten Kochs geändert hatten, leuchtete Grabbe die Kopfverletzung an.

»Scheint nur noch leicht zu bluten«, Gabi beugte sich über den Mann. »Hey, bleib mal drauf.« Sie griff nach oben und nahm Grabbe, der mit angeekelter Miene in eine andere Richtung schaute, die Lampe aus der Hand. »Ruf den Notarzt und Verstärkung!«

Während er zusah, wie das Display an Grabbes Mobiltelefon aufleuchtete, spürte Walde eine Bewegung im Schiff. Das Rauschen der Strömung an der linken Außenwand verstummte. Er ging zu einer der Luken und sah, wie die Insel aus seinem Blickfeld verschwand. Die *Neptun* konnte doch jetzt unmöglich losfahren! Walde rannte die Treppe hoch, tastete nach dem Türgriff. Als er ihn endlich mit der Hand umfasste, wurde er mit Wucht nach hinten gerissen. Gleichzeitig erzitterte das Schiff und ein unheimliches Knarren dröhnte in seinen Ohren. Mit äußerster Anstrengung klammerte sich Walde an den Türgriff und den Handlauf des Geländers, um nicht nach hinten die Treppe hinunterzustürzen.

Er hörte, wie unten Tische über den Boden rutschten, Stühle umfielen und gegen die Wand knallten.

»Alles in Ordnung?«, rief er nach unten, als der Druck nachgelassen hatte.

Außer Gabis Fluchen gab es keine Reaktion.

»Was, um Himmels Willen, war das?«, flüsterte Grabbe.

Das Rauschen kam wieder von beiden Schiffsseiten.

Als Walde die Außentür aufstieß und hinaustrat, stieß er sich heftig den Kopf. Dichter Regen prasselte auf das Deck. Walde blieb auf den nassen Holzplanken stehen und fasste sich in die Haare. Als er sich die Hand vor die Augen hielt, konnte er kein Blut daran entdecken. Er blickte irritiert auf das Wasser. Statt des erwarteten Ufers lag die gegenüberliegende Insel vor ihm. Über das Getöse des Flusses und das Prasseln des Regens waren unregelmäßige Schläge zu hören.

Walde hangelte sich an der Reling entlang bis zum Ende des Führerhauses, von wo er auf das Ufer sehen konnte.

Die *Neptun* hatte auf einmal den Bug gegen die Strömung und wurde nur noch von einem dicken Tau an einem der Polder auf dem Ufer gehalten. Dort stand ein Mann bis über die Knie im Wasser. Er hackte mit einer Axt auf das bereits zerfasernde Tau ein. Walde erkannte Thomas Wohlenberg, der vermutlich mit derselben Waffe den Koch niedergeschlagen hatte.

Walde rannte bis zur Mitte des Schiffs, von wo es zum überfluteten Kai ging. Wohlenberg erhöhte die Taktzahl der Axtschläge. Walde kletterte unter der Reling hindurch, und sprang hinunter.

Mit einem Knall riss das Tau und peitschte ins Wasser. Augenblicklich nahm die *Neptun* Fahrt auf. Walde landete auf dem überfluteten Kai. Er verlor das Gleichgewicht, fiel ins Wasser, konnte sich aber gleich wieder aufrappeln. Wohlenberg kletterte den Uferdamm hinauf.

Kaum war Walde wieder auf den Beinen, wurde er mit Wucht in den Fluss gerissen. Wie eine Krake hielt das Ende des Taus seine Wade umklammert. Er wurde hinter der fort treibenden *Neptun* hergezogen, geriet unter Wasser. Endlich löste sich das Seil.

Das Wasser war eiskalt. Nach wenigen Metern würde die Anstrengung ihn ohnehin die Kälte nicht mehr spüren lassen. Aber es gab ein anderes Problem. Er hatte Mühe, wieder aus den Fluten aufzutauchen, den Kopf soweit aus dem tosenden braunen Wasser zu bringen, dass er, ohne die stinkende Brühe schlucken zu müssen, nach Luft schnappen konnte. Er hatte die Kraft der Strömung unterschätzt. Das Wasser brodelte, als würde es kochen. Als habe es seine Dichte verloren und dadurch an Tragkraft eingebüßt. Walde schlug wie ein ertrinkender Hund um sich, um den Kopf über Wasser zu halten.

Die Baumallee am Ufer raste vorbei. An Land zu gelangen, schien aussichtslos.

Die Kälte kroch bereits in Waldes Knochen. Es würde nicht lange dauern, bis seine Muskeln verkrampften.

Längst hatte er das Ende der Insel hinter sich gelassen, war dem Fluss ausgeliefert, der sein Spiel mit ihm trieb, ihn unter Wasser drückte, vom Ufer wegzog, ihn um sich selbst drehen ließ. Dabei warf er einen Blick auf die hoch aufragende *Neptun*. Er musste in eine schnellere

Strömung geraten sein. Das Schiff war auf einmal dicht hinter ihm und im Begriff, sich querzulegen.

Gabi lag eingekeilt zwischen umgestürzten Tischen und Stühlen. Die Taschenlampe war weg, ebenso ihre Handtasche.

Ganz in der Nähe hörte sie ein lautes Rumpeln. Stühle wurden umgeworfen, Tische geschoben.

»Gabi?« Grabbes Stimme klang aufgeregt.

»Ja, hier bin ich!« Sie setzte sich soweit auf, wie es der Tisch über ihr zuließ, und tastete den Teppichboden ab. Ein heißer Schmerz in ihrer linken Schulter ließ sie instinktiv den linken Arm an den Körper ziehen. Mit der rechten Hand suchte sie weiter.

»Wir müssen hier raus!«, rief Grabbe. »Sonst saufen wir ab!« Er schien wieder auf die Beine gekommen zu sein. »Hörst du das? Irgendwo ist ein Leck.«

Das Schiff schlingerte heftig. Gabi bekam einen Henkel ihrer Tasche zu fassen. Sie ließ sich aber nicht herausziehen, weil sie zwischen den Möbeln feststeckte.

»Jetzt komm endlich!«, forderte sie ihren Kollegen auf. »Hilf mir mal!«

Grabbe räumte eilig Stühle zur Seite und half Gabi, die Handtasche freizubekommen. Die Taschenlampe blieb verschwunden.

Während Grabbe zur Treppe lief, sah Gabi nach dem Verletzten. Der Koch war über den Teppichboden gerutscht, aber vor den verkeilten Möbeln liegen geblieben. Gabi brauchte seine Lage nicht zu verändern und versicherte sich, dass er noch Puls hatte.

Grabbe stand mit offenem Mund auf dem Deck und musste mit ansehen, wie sich die Insel und Zurlauben hinter ihm in einem dichter werdenden Regenvorhang entfernten. Für einen Moment wollte er es nicht wahrhaben. Die *Neptun* trieb fernab des Zurlaubener Hafens quer zur Flussrichtung. Sie hatte an Tempo gewonnen und schaukelte bedrohlich.

Grabbes Beine gaben nach, eine entsetzliche Übelkeit überkam ihn. Gerade noch bekam er eine Stange an der Reling zu fassen, ehe er sich, flach auf dem nassen Boden liegend, in die Mosel erbrach.

»... ja, den Krankenwagen brauchen wir auch, aber ruft jetzt die Wasserschutzpolizei, die Feuerwehr, was weiß ich«, hörte er neben sich Gabis aufgeregte Stimme. »Aber schnell, wir treiben schon an Pallien vorbei, Richtung Biewer und Pfalzel.«

Als er aufschaute, sah er, wie Gabi mit fast beschwörender Miene ihr regennasses Mobiltelefon anstarrte, bevor sie die Hand sinken ließ.

»Wo ist eigentlich Walde?«, fragte Grabbe mit schwacher Stimme.

»Was?«

»Wo ist Walde?«, wiederholte Grabbe und spähte über das Wasser. Schnell zog er seinen Oberkörper aufs Deck zurück, denn die *Neptun* schoss auf eine gekenterte rote Boje zu. Es gab ein gewaltiges Knirschen, als das Schiff daran vorbeischrammte. Es hatte sich gerade soweit gedreht, dass es das Hindernis nicht mit der Breitseite erwischte.

Gabi hackte wieder auf die Tastatur ihres Telefons ein. »Hallo Gerd, hier ist Gabi ...Ihr wisst Bescheid ... Walde ist im Wasser oder an Land ... am Pfalzeler Hafen ... das ist nicht weit ... ja, ist klar ... kann ich vielleicht den Motor starten ... oder lenken ... ach so, ja, dann bis gleich ... beeilt euch!«

Diesmal starrte sie ihr Handy an, als müsste ein Geist daraus aufsteigen, der Hilfe brachte. Grabbes Übelkeit hatte sich etwas gelegt. Er stützte sich auf das Seil der Reling und rappelte sich vorsichtig auf. »War das gerade Stadler von der Wasserschutzpolizei?«

»Ja, sie kommen uns mit ihrem Boot entgegen. Ich habe ihn gefragt, ob ich vielleicht den Motor starten könnte, aber er meinte, da gäbe es keinen Schnellkurs ...«

Die Mosel machte einen weiten Bogen. Gabi beobachtete, wie die *Neptun*, sich mit dem Bug nach vorn drehend, Richtung Flussmitte hinaus trieb.

» Stadler meint, so was gäbe es nur im Film, wenn die Piloten ausfallen und ein Passagier, der vielleicht mal ein Modellflugzeug gelenkt hat, eine Boing auf der Autobahn landet.« Sie wusste nicht, ob sie mit ihrem Gerede sich selbst oder Grabbe von der Angst ablenken wollte. »Außerdem, sagt Stadler, brauchen wir für die *Neptun* zwei Leute, einen auf der Brücke und einen für die Maschinen. Hoffentlich sind sie bald da!«

»Da, siehst du das?« Grabbe zeigte flussabwärts.

Ein großes Frachtschiff kam ihnen auf Kollisionskurs entgegen.

Walde hatte es mit Kraulen und Rückenschwimmen versucht, beides misslang in dem tobenden Wasser. Eine kraftraubende Mischung aus Brustschwimmen und Wie-ein-Ertrinkender-um-sich-Schlagen hielt ihn gerade so über Wasser.

Wenn er den Kopf weit genug aus dem Wasser brachte, sah er durch die Gischt und den dichten Regen die Bäume am Uferweg vorbeisausen.

Bisher war es ihm nicht gelungen, das Ufer anzusteuern. Nun versuchte er, seinen Schwimmbewegungen wenigstens eine Tendenz in diese Richtung zu geben. Seine Kräfte ließen nach, die Kälte gewann immer mehr die Oberhand. Am Ufer erschien das Haus des Ruderclubs. Mit Entsetzen dachte Walde an die beiden Betonlandestege, von denen aus die Boote zu Wasser gelassen wurden. Wie weit reichten sie in den Fluss hinein und wie hoch überspülte sie das Hochwasser?

Würde seine Wirbelsäule darauf treffen oder seine Beine daran zerschmettern? Walde drehte sich in Rückenlage, streckte den Körper unter der Wasseroberfläche. Das kalte Wasser biss ihm in den Hinterkopf. Sein Gesicht wurde überspült. Er schluckte Wasser. Es schmeckte noch widerlicher, als es roch. Er befand sich in einem Alptraum, aus dem es kein Erwachen gab. Die Betonstege konnten nicht mehr weit sein. Walde geriet in einen Wirbel und drehte sich. Der hoch aufragende Bug der *Neptun* war direkt hinter ihm.

Das quer zur Flussrichtung treibende Schiff rauschte heran. Es konnte sich nur noch um Sekunden handeln, bis ihn der riesige Bug zermalmen würde.

Die Bootsstege waren passiert. Walde sah die hohen Umgrenzungsmauern des Nordbads. Der Bug drehte dicht hinter ihm ab in Richtung Flussmitte.

Das Frachtschiff schien auf der Stelle zu stehen, während die *Neptun* flussabwärts auf den Fluten des Hochwassers darauf zuschoss.

»Wo bleibt denn Stadler mit seinem Boot?«, schrie Gabi. Sie wusste, dass er ihnen nicht mehr zu Hilfe kommen konnte, dafür war das entgegen kommende Schiff zu nah.

Die *Neptun* trieb zwar seit geraumer Zeit nicht mehr quer, sondern mit dem Bug voraus, hatte sich aber immer mehr über die Flussmitte hinaus zum anderen Ufer hin bewegt. Das Schiff kam näher. Es würde unweigerlich zu einem Zusammenstoß kommen.

Gabi stellte sich vorn an den Bug und winkte ausladend mit beiden Armen, von denen die Regentropfen spritzten. Der Schmerz zwang sie, den linken Arm wieder herunterzunehmen.

Sie erkannte ein tief im Wasser liegendes Tankschiff, auf dessen Führerhaus nun ein Scheinwerfer eingeschaltet und auf sie gerichtet wurde. Dazu ertönte ein Schiffshorn und gab ein aus drei Tönen bestehendes Signal ab. Die *Neptun* hielt weiter auf das Schiff zu.

Gabi wedelte immer noch heftig mit dem rechten Arm.

Das Signal wurde lauter. Ein zweiter Scheinwerfer erfasste die *Neptun*. Die beiden Schiffe waren keine zweihundert Meter mehr voneinander entfernt.

Gabi hatte das Winken aufgegeben und klammerte sich mit an die Reling. Grabbe schloss die Augen.

Der Bug des entgegenkommenden Schiffes drehte zur Flussmitte. Erst jetzt wurden Gabi die Ausmaße des Tankers deutlich.

»Mach, mach, mach!«, beschwor sie die Motoren des entgegen kommenden Schiffes, den Frachter schnell genug aus der Bahn zu manövrieren.

Die *Neptun* schoss auf den Tanker zu. Gabi hörte das Stampfen der auf Hochtouren laufenden Maschine. Sie sah das Entsetzen in den Gesichtern der beiden Männer hinter der Scheibe des Führerhauses.

Immer noch nahm die Spitze des Tankers Kurs Richtung Flussmitte, aber der große Schiffsrumpf war träge.

»Mach, mach, mach!«, schrie Gabi erneut.

Es waren nur noch wenige Meter. Dann hatte die *Neptun* den Frachter erreicht.

Nur Zentimeter trennten die beiden Schiffe, als sie sich begegneten.

Gabi blies die Backen auf und stieß die Luft aus. Wie eine Fata Morgana tauchte das Schiff der Wasserschutzpolizei auf. Winzig wie eine Nussschale hüpfte es auf den Wellen, während es, im Gegensatz zu dem Tanker, noch einigermaßen Fahrt gegen den Strom zu machen schien.

Dahinter rollte ein langer Güterzug über die Pfalzeler Brücke. Gabis Blick fokussierte den mittleren der gewaltigen Pfeiler.

Ihr Mobiltelefon klingelte.

»Das war knapp!«, hörte sie Stadler sagen.

»Hast du was von Walde gehört? Kommt uns noch ein Schiff entgegen? Können wir vielleicht den Anker setzen?«, bestürmte sie den Wasserschutzpolizisten mit Fragen.

»Ist Walde über Bord gegangen?« Stadler hörte sich besorgt an.

»Ich fürchte, ja, jedenfalls haben wir ihn nicht mehr gesehen, seit die *Neptun* abgetrieben ist.«

»Bei der Strömung hat er schlechte Karten ...«

Die *Neptun* schien sich vom linken Ufer wieder in Richtung Flussmitte zu bewegen.

»Was soll das heißen?«

»Was ich gesagt hab. Was macht Grabbe?«

»Ist seekrank.«

»Und wie geht es dir?«

»Mir wird auch schlecht, wenn uns noch mal so ein Frachter entgegenkommt.«

»Da kann ich dich beruhigen«, sagte Stadler. »Das war der letzte, der am Pfalzeler Hafen vorbei durfte. Die Schifffahrt wurde soeben eingestellt. Wir wollten eigentlich auch den Pfalzeler Hafen ansteuern. Der Pegel ist deutlich über sieben Meter, bei steigender Tendenz.«

Während des Gesprächs hatten sich die *Neptun* und das Polizeischiff einander so weit genähert, dass Gabi die zwei Männer in dem kleinen Boot, das ihr jetzt noch winziger vorkam, erkannte.

»Was machen wir?«, fragte Gabi. »Kann ich nicht doch versuchen, die Maschine zu starten oder wenigstens den Anker zu setzen?«

»Alles leider zu kompliziert. Jetzt geht es nur darum,

dass euer Kahn heil unter der Pfalzeler Brücke hindurch kommt und nicht quer treibt.«

Gabi beobachtete, wie das Polizeiboot vor ihnen eine Schleife zur Flussmitte zog und dort wendete.

»Was habt ihr vor?«, fragte sie in ihr Telefon.

»Wir drehen bei. Ohne Hilfe kommt ihr bei diesen Strömungsverhältnissen wahrscheinlich nicht ungeschoren durch die Brücke.«

Die *Neptun* schoss auf die Brücke zu. Gabis Blick fixierte den mittleren Pfeiler der drei Öffnungen. Sie gelangte immer mehr zu der Überzeugung, dass ihr Kurs genau auf dieses Ziel gerichtet war.

Die *Neptun* glitt an dem kleinen Boot der Wasserschutzpolizei vorbei, das ebenfalls flussabwärts auf die Brücke zufuhr. Gabi hörte den Motor des Bootes dröhnen. Es holte auf und näherte sich der *Neptun*.

»Was habt ihr vor?«, wiederholte Gabi.

»Wir versuchen, euch vom Kollisionskurs abzubringen.«

»Und wie soll das gehen?«

»Lass uns mal machen! Und guck, dass du nicht über Bord gehst!«

»Und wenn wir doch an den Pfeiler krachen?«

Stadler gab keine Antwort.

»So schnell saufen wir wohl nicht ab.« Gabi wurde unsicher. »Die *Neptun* ist doch als ehemaliges Kriegsschiff sicher aus Stahl.«

»Keineswegs, das sieht vielleicht so aus«, erklärte Stadler. »Meines Wissens wurde nichts Magnetisches beim Bau eines Minensuchbootes verwendet, wegen Haftminen und so.«

»Ich habe im Moment weiß Gott nicht die Nerven, mir einen Vortrag über Schiffsbau anzuhören.«

Als der Kollege nichts mehr sagte, fragte sie: »Die *Neptun* ist aus Holz?«

»Kann auch antimagnetischer Stahl sein, weiß ich nicht so genau, jedenfalls kann es sein«, Stadlers Stimme klang ernst, »dass euer Kahn wie eine Zigarrenkiste auseinanderbricht, wenn ihr gegen die Brücke knallt.«

»Es tut immer gut, wenn in einer auswegslosen Situation Trost gespendet wird.« Gabi setzte sich neben Grabbe, der leise vor sich hin murmelte, auf die nassen Schiffsplanken.

Sie war froh, dass sie saß, als das Boot der Wasserschutzpolizei von rechts gegen die *Neptun* stieß. Die Maschinen dröhnten. Der Bug der *Neptun* bewegte sich nach links. Das kleine Boot entfernte sich. Gabi sah nun die Gummiwulste rund um den Schiffsrumpf. Dann legte es weiter hinter an die *Neptun* an und brachte den führerlosen Kahn in gerade Treibrichtung.

Bis zum Brückenpfeiler war es nicht mehr weit. Wie Gabi es sah, würde es die *Neptun* vielleicht schaffen, gerade so links am Pfeiler vorbeizukommen, aber das Polizeiboot neben ihnen war auf Kollisionskurs.

Die Maschinen dröhnten. Stadlers Boot löste sich vom Rumpf der *Neptun.* Die beiden Boote sausten links und rechts so dicht am Pfeiler vorbei, dass kaum eine Zeitung dazwischen gepasst hätte.

Gabi spürte erst jetzt ihren wilden Herzschlag. Sie schwitzte, obwohl sie vom Regen durchnässt war.

Hinter der Flussbiegung geriet Walde in eine ruhigere Zone. Die Strömung hatte nachgelassen. Etwas streifte seine Beine. Es war ein Gewächs, vielleicht eine Hecke. Hier hatte der Fluss eine große Uferwiese überschwemmt. Er setzte einen Fuß auf, dann den zweiten, konnte kurz stehen, bevor ihn das Wasser wieder umriss. Meter für Meter kämpfte er sich über den schlammigen Untergrund näher zum Ufer. Seine Füße fanden Halt. Das Wasser reichte ihm nur noch bis zur Hüfte. Immer wieder konnte er sich an Hecken klammern, während er an Land watete. Er torkelte schließlich einen kurzen Hang hinauf und warf sich oben wie ein gestrandeter Schiffbrüchiger auf den nassen Grünstreifen. Als hätten seine allerletzten Reserven genau bis zu diesem Punkt gereicht, war er auf einmal nicht mehr in der Lage, auch nur einen Finger zu bewegen.

Er öffnete nicht einmal die Augen, als das Rollgeräusch ganz nah gekommen war.

»Brauchen Sie Hilfe?« Diese Frage wurde ihm nun schon zum wiederholten Mal gestellt. Er reagierte nicht.

Walde spürte, wie er unter den Achseln gepackt und aufgerichtet wurde. Er öffnete die Augen. Zwei Männer in weißen Kitteln stützten ihn, während seine Beine sich immer noch anfühlten, als wären sie mit Gummi gefüllt. Eine Frau hinter einem beladenen Einkaufswagen starrten ihn an.

Gabi schaute sich in der Dämmerung um. Das Polizeiboot war weg. Der Fluss machte einen weiten Bogen.

Links waren die Häuser von Pfalzel und die alte Wallmauer zu erkennen.

Sie schrak zusammen, als das Polizeiboot sich plötzlich von links näherte und gegen den Rumpf der *Neptun* stieß.

Ihr Telefon klingelte. »Walde ist vor wenigen Minuten auf dem Uferweg am Verteilerkreis gefunden worden«, berichtete Stadler und fügte an: »Lebend! Und wir versuchen jetzt, euch aus der Strömung rauszudrücken. Wenn alles gut geht, brauchen wir gleich eure Hilfe.«

»Walde ist aus der Mosel gerettet.« Sie stupste Grabbe an, der stumm neben ihr hockte.

»Und was ist mit uns?« Grabbes Frage war kaum zu verstehen.

Gabi musste schreien, um den laut aufheulenden Motor des Polizeibootes zu übertönen. »Stadler versucht, uns aus der Strömung zu drücken.«

Die Geschwindigkeit des Wassers schien in der Weite des Moselbogens etwas nachgelassen zu haben. Das Polizeiboot drückte die *Neptun* Stück für Stück zur Außenseite des Moselbogens. Auf der daneben verlaufenden Uferstraße sausten die Fahrzeuge vorbei. Am dunkler werdenden Horizont tauchte eine weitere Moselbrücke auf. Davor lag eine schmale Insel.

Gabis Telefon klingelte erneut. »Haltet euch gut fest, wir laufen in ein, zwei Minuten am Hahnenwehr auf«, warnte Stadler sie.

»Halt dich gut fest!«, gab sie die Information an Grabbe weiter. »Ich schau mal nach Anweber.«

Unter Deck drang nur noch wenig Tageslicht durch

die Bullaugen. Nachdem Gabi sich die Treppe hinuntergetastet hatte, setzte sie sich auf die unterste Stufe. Da, wo Anweber vorhin gelegen hatte, bewegte sich etwas.

»Herr Anweber?«

Ein Stöhnen war die Antwort. Gabi glaubte zu erkennen, dass der Verletzte sich aufgerichtet hatte.

»Sie sind niedergeschlagen worden, und die *Neptun* ist abgetrieben.« Sie ergriff mit beiden Händen das Geländer über sich. »Legen Sie sich bitte wieder hin, das Schiff wird gleich auf Grund aufsetzen!«

Sie registrierte, dass sich der Mann, begleitet von einem weiteren Stöhnen, wieder hinlegte.

Dann krachte es. Der Schlag war gewaltig. Gabis Hände lösten sich vom Geländer und sie rollte über den Boden.

Das Duschwasser war viel zu heiß. Walde regulierte es, bis es kalt und für seine unterkühlte Haut erträglich wurde. Dann steigerte er ganz behutsam die Temperatur. Es dauerte Minuten, bis er sich endlich mühsam einseifen und die Haare waschen konnte.

Draußen bekam er eine warme Decke. Den Kaffee nahm er dankbar aus der Hand des Mannes im weißen Kittel, auf dem dick das Logo eines Supermarktes prangte, entgegen. Walde zitterte. Ein Teil des Kaffees lief über sein Kinn.

»Wir haben den Rettungsdienst und die Polizei verständigt. Sind Sie Herr Bock?«

Walde nickte.

»Dann sind Sie von Zurlauben bis hierher durch die Mosel ...?«

»Umgekehrt wäre es Weltklasse gewesen.« Meyer kam zur Tür hereingeschlurft. »Draußen stehen zwei Sanitäter.«

»Kannst du wegschicken!«, sagte Walde. Seine Zähne schlugen aufeinander. »Wie steht es um Gabi und Grabbe?«

»Die scheinen, laut Stadler, knapp diversen Kollisionen mit Schiffen und Brücken entgangen zu sein.« Er nahm vom Marktleiter eine Tüte entgegen, in die Waldes nasse Kleidung gepackt worden war.

»Bringst du mich nach Hause?«

»Alles klar.« Meyer führte ihn aus den Personalräumen des Einkaufszentrums durch ein Spalier von Schaulustigen.

»Kommst du mit rein?«, fragte Walde seinen Kollegen, als der Wagen vor der Haustür hielt.

»Danke, ein andermal«, versuchte Meyer abzuwiegeln. »Leg dich erst mal hin!«

»Ich wollte eigentlich gleich weiter zum Präsidium.«

»Wenn du schon nicht zum Arzt willst, solltest du dich jetzt wenigstens schonen.«

»Doch nicht jetzt!«, entrüstete sich Walde. »Wir haben sowieso schon viel zu viel Zeit verloren.« Sein Zittern hatte nachgelassen.

Doris und Annika waren nicht da. Meyer stand, die Hände in den Hosentaschen, im Garten und beobachtete, wie Walde seine nasse Kleidung auf der Terrasse über die Stühle hängte und dabei versuchte, Quintus abzuwehren, der ihn anstupste und schließlich die Decke, in die Walde eingehüllt war, mit den Zähnen packte.

Gabi war zwischen den Möbeln gelandet. Ihre linke Schulter schmerzte höllisch. Sie lauschte. Die Strömung war kaum zu hören. Nichts bewegte sich. Das Schiff lag völlig ruhig. Sie rümpfte die Nase. Es stank nach Knoblauch, Zwiebeln und Bier. Als sie die Augen öffnete, sah sie dicht vor sich ein dunkles Augenpaar.

Gabi versuchte, Anweber mit beiden Armen wegzuschieben. Sie stöhnte auf. Jede Bewegung des linken Arms bereitete ihr Schmerzen.

»Was ist passiert?«, fragte der Mann mit schwacher Stimme.

»Die *Neptun* ist abgetrieben und nun auf Grund gelaufen.« Gabi rutschte aus dem Gewirr von Stühlen. »Wer hat Sie niedergeschlagen?«

»Die linke Ratte!«

»Thomas Wohlenberg?«

Sie erahnte ein Nicken.

Auf der Treppe hielt sie sich vorsichtshalber mit der rechten Hand am Geländer fest. Sie traute dem Frieden nicht.

An Deck atmete sie erleichtert auf, als sie das Grün des Ufers am Bug sah.

»Grabbe? Alles okay?«, rief sie.

»Weiß nicht.« Die Antwort kam von weit her. Soweit war der Bug doch gar nicht entfernt!

Gabi sah zum Polizeiboot, das immer noch mit hochtourig laufender Maschine backbord lag. Stadler hatte das Dach erklommen und hielt einen Strick in der Hand.

»Kannst du das Tau um einen Polder legen?«

Stadler warf das dicke Seil herüber, und Gabi bemühte sich, es mit dem gesunden Arm festzumachen.

Der Wasserschutzpolizist packte die Reling und schwang sich an Bord der *Neptun*.

»Was ist mit deinem Arm?«, fragte er, als er sah, dass Gabi ihn in leicht gekrümmter Haltung an den Körper drückte.

»Nichts ist mit dem Arm, ich habe mir die Schulter geprellt und das gleich zwei Mal.« Sie ging auf Stadler zu und umarmte ihn mit dem rechten Arm. »Erst mal danke. Das war eben an der Brücke wirklich ganz schön knapp.«

»Keine Ursache«, sagte Stadler. Er ging zum Bug, und gleich darauf rasselte der Anker herunter.

»Hey, was machst du denn da unten?«, hörte Gabi kurz darauf Stadler rufen.

Die Antwort war zu undeutlich, um sie zu verstehen. Sie glaubte, Grabbes Stimme zu erkennen.

Als sie vorn an den Bug trat, sah sie Grabbe auf der schmalen, nur noch knapp aus dem Wasser ragenden Insel stehen. Seine Schuhe versanken im Morast zwischen dem Gestrüpp.

»Ich hole eine Leiter«, rief Stadler. Er ging zurück zum Polizeiboot, um sich von seinem Kollegen eine Leiter hochreichen zu lassen.

»Ich versuche, von hier ans Ufer zu kommen«, sagte Grabbe. Er war beim Aufprall über Bord geschleudert worden und in einer Hecke auf der Insel gelandet.

»Er will von hier aus direkt an Land gehen«, sagte Gabi zu Stadler, als dieser die Leiter auf die Insel hinunterließ.

»Da musst du aber noch ein gutes Stück schwimmen!«, rief Stadler dem bewegungslos verharrenden Grabbe zu. »Die Landverbindung vom Hahnenwehr ist überschwemmt, und wenn du noch zwei, drei Stunden wartest, wird auch die Insel unter Wasser stehen.«

Als Grabbe die Leiter hoch über die Reling auf die *Neptun* gestiegen war, führte ihn Stadler zum backbord liegenden Polizeiboot. Dort packte Grabbe Gabis Hand und stieg auf das Dach des Bootes. Er versuchte, den Spalt zwischen den beiden Schiffen zu ignorieren. Nun musste er nur noch die wenigen Minuten bis zur anderen Moselseite überstehen. Es war ihm egal, was die anderen dachten. Sobald er das Deck des Polizeibootes erreicht hatte, legte er sich flach hin. Nur so bekam er die schreckliche Übelkeit in den Griff, die ihm bereits die Gallenflüssigkeit aus dem Körper getrieben hatte.

Grabbe bekam nicht mit, wie der apathisch wirkende Anweber an Bord geschafft wurde und notdürftig einen Verband angelegt bekam, bevor das Schiff von der *Neptun* abdrehte und über den aufgewühlten Fluss zum gegenüberliegenden Ufer fuhr, um schließlich in das vollkommen ruhige Wasser des geschützten Hafens zu gelangen.

Am Kai warteten mehrere Polizeifahrzeuge und ein Krankenwagen mit Blaulicht. Sobald das Polizeiboot anlegte, kam ein Notarzt, gefolgt von zwei Sanitätern und zwei Polizisten, an Bord. Der Arzt besah sich die Verletzung des Kochs, legte ihm eine Infusion an und übergab ihn den Sanitätern. Gabi instruierte die beiden Polizisten, den Verletzten ins Krankenhaus zu begleiten und dort nicht aus den Augen zu lassen.

»Wo fehlt's denn bei Ihnen?«, wandte sich der Arzt nun an Gabi und Grabbe.

»Schauen Sie sich bitte mal den Fuß meines Kollegen an«, bat Gabi, während sie beobachtete, wie die beiden Sanitäter Anweber von Bord halfen und ihn zu der am Kai stehenden Trage führten.

»Mir kommt es so vor«, sagte sie, »als habe der Anweber ein breiteres Kreuz als der Mann mit der Kochjacke auf der Videoaufzeichnung vom Krankenhaus.«

»Du glaubst, es könnte ...«, Grabbe zuckte, als er den Schuh auszog, »jemand anderes seine Jacke benutzt haben?«

»Genau«, antwortete sie. »Vielleicht hat der Wohlenberg die Klamotten von Anweber als Tarnung benutzt.«

»Oder wollte den Verdacht auf Anweber lenken.«

»Thomas Wohlenberg ist bestimmt längst abgehauen.«

Der Arzt hatte soeben Grabbes Fußgelenk mit einem Verband fixiert, Gabi eine Schlinge für den linken Arm gegeben und beiden geraten, sich die verletzten Stellen röntgen zu lassen, als Meyer und Walde am Kai eintrafen.

»Was machst du denn für Sachen?«, begrüßte Gabi ihren Kollegen, als Walde an Bord kam.

»Ich hab die Strömung unterschätzt«, antwortete Walde. »Jedenfalls wäre ich auch nass geworden, wenn ich an Bord geblieben wäre.«

Meyer packte zwei blaue Overalls und Unterwäsche aus, die er in einer Tasche mitgebracht hatte.

Nachdem sich Gabi und Grabbe in der Toilette des Polizeiboots umgezogen hatten, berichtete Walde, wie er Thomas Wohlenberg beim Kappen der Taue beobachtet hatte.

»Er ist zur Fahndung ausgeschrieben«, beendete Walde seinen Kurzbericht. »Die Kollegen in den Flughäfen, Bahnpolizei, Zoll et cetera haben sein Foto.«

»Ich glaube nicht, dass der schon über alle Berge ist«, sagte Gabi. »Der muss sich erst mal Kohle beschaffen, und die hat er mit seinen Immobiliengeschäften noch nicht gemacht.«

»Susanne Hörmann ist noch im Präsidium. Da fällt mir nur noch eine Person ein, die er um Geld bitten kann«, sagte Walde.

*

»Alte Leute gehen meist früh schlafen«, bemerkte Meyer, als er die Abfahrt nahm, die zur *Waldresidenz* führte. »Wir haben schon nach neun.«

Die hell erleuchtete herrschaftliche Villa mit dem von

Lampen angestrahlten weiträumigen Gelände schien nicht zu dieser Einschätzung zu passen.

Meyer und Grabbe blieben im Wagen zurück, während Gabi, ihren Overall mit der weißen Aufschrift POLIZEI in Form ziehend, neben Walde über den noch regennassen Weg zum Eingang des Seniorenheimes eilte.

In der Empfangshalle stand ein hoch aufgeschossener junger Mann im Frack, umringt von mehreren festlich gekleideten älteren Damen.

Durch eine offene Doppeltür sah Walde auf leere Stuhlreihen. Als er eintrat, erblickte er einen schwarzen Flügel, neben dem Leute in kleineren Gruppen zusammenstanden, die meisten hielten Sektflöten in der Hand.

Walde sprach einen Mann im dunklen Zweireiher an, der ihm entgegen kam.

»Entschuldigung, kennen Sie Frau Wohlenberg?«

Der Mann nickte. »Ja, sie ist mir bekannt.« Er schaute sich um. »Sie war auch beim Konzert. Aber jetzt sehe ich sie nicht mehr. Vielleicht bringt sie ihren Besuch hinaus.«

»Besuch?«

»Ein junger Mann ist gleich nach dem Klavierkonzert hereingekommen.«

»Wie lange ist das her?«

Der Mann sah auf seine Uhr. »Ich schätze, höchstens eine Viertelstunde.«

»Danke.« Walde ging zurück zur Tür, wo Gabi auf ihn wartete, beäugt von den älteren Herrschaften, die vermutlich darüber tuschelten, ob die Frau mit der großen Handtasche und dem seltsamen Outfit zu einer Spezialtruppe gehörte oder aus der Kfz-Werkstatt der Polizei kam.

Walde lief voran die Treppen hoch. Gabi folgte ihm. Im Flur des dritten Stocks orientierte er sich an den Namensschildern, bis sie keuchend vor Frau Wohlenbergs Appartement standen.

Gabi klingelte. Als sich nicht gleich etwas regte, rief sie: »Frau Wohlenberg?«

»Einen Moment!«, antwortete eine Frauenstimme von innen.

Gabi drückte die Klinke, die Tür war abgesperrt. Während sie die Waffe aus ihrer Tasche nahm, ging sie ein paar Schritte zurück. Sie wies Walde mit einer Handbewegung an, zur Seite zu gehen, und rannte auf die Tür zu.

Ihre gesunde Schulter rammte gegen das Holz. Es schien keinen Millimeter nachzugeben. Gabi presste die Arme vor ihre Brust und stöhnte. Innen wurde der Schlüssel gedreht und die Tür geöffnet.

»Herr Kommissar, so spät?« Frau Wohlenberg schaute Walde freundlich an. Als sie die Pistole in Gabis Hand wahrnahm, zeigte sich Besorgnis auf ihrem Gesicht.

»Sie haben Besuch?«, fragte Walde.

»Ja, was ist denn los?« Die alte Frau blieb in der Tür stehen. Sie drehte sich um und rief. »Thomas?«

Keine Reaktion.

»Entschuldigung, dürfen wir?« Gabi zwängte sich an Walde und Frau Wohlenberg vorbei ins Wohnzimmer. Dort war niemand.

»Es tut mir leid.« Gabi kam zurück und ging mit schussbereiter Waffe zur Schlafzimmertür, riss sie auf und stürmte hinein.

Sie trat gleich wieder zurück in die Diele, wo sie nacheinander ins Bad und die Küche sah.

Walde ging ins Wohnzimmer. Die Tür zum Balkon war nur angelehnt. Auch dort hielt sich niemand auf. Er schaute über das Geländer in die Tiefe. Hier war Thomas Wohlenberg sicher nicht hinuntergesprungen. Er betrachtete das mit Efeu bewachsene Rankgitter. Es schien ein wenig verschoben. Als er näher herantrat, bemerkte er den Nachbarbalkon, der sich dahinter anschloss.

»Ruf Grabbe an!«, rief Walde und beugte sich weit über das Geländer.

Seit sie vor der *Waldresidenz* angehalten hatten, telefonierte Grabbe mit Monika im Präsidium. Meyer hatte draußen am Auto gelehnt und brachte nun seinen Zigarettenstummel zum Abfallbehälter. Auf dem Weg zurück zum Wagen schaute er in den nächtlichen Himmel, wo ein dreiviertel großer Mond zwischen den Wolken zum Vorschein kam. Ein dünner Schleier umhüllte ihn wie ein transparenter Schal.

Aus der Eingangstür kam ein hoch aufgeschossener junger Mann in dunklem Anzug. Er trug eine mit einer Schnur geschlossene Mappe unter dem Arm.

Als er Meyer auf dem Weg zum Parkplatz überholte, grüßte er.

Grabbe telefonierte immer noch im Fond des Wagens.

Ein leichter Wind kam auf. Meyer knöpfte seine Jacke zu und beobachtete drei ältere Damen, die aus dem Eingang schlenderten. Ihnen folgte eine Frau mit Gehhilfe, die von einem jungen Mann gestützt wurde. Meyer hörte seinen Namen rufen und blickte sich um, aber da waren nur die drei Damen. Er schaute nach oben, wo Gabi auf einem Balkon wild gestikulierend rief: »Er haut ab!«

Ganz in der Nähe wurde ein Wagen zurückgesetzt und fuhr mit Vollgas und durchdrehenden Reifen los.

Meyer sprang in den Wagen, startete den Motor und gab Vollgas.

»Was ist denn los?«, rief Grabbe vom Rücksitz.

»Wohlenberg haut ab.«

Auf der Zufahrtsstraße sah Meyer weit hinten am Ende der langen Geraden die Rücklichter des Wagens verschwinden.

An der Einmündung zur Bundesstraße bremste Meyer ab. »Runter zur Stadt oder rauf in die Eifel?«

»Er könnte ...« Grabbe brach ab, weil Meyer bereits auf der steilen Straße hinunter zur Stadt Gas gab.

Vor der Kurve auf der Napoleonsbrücke musste er scharf abbremsen. Zwei Wagen mit eingeschalteter Warnblinkanlage hielten auf der bergauf führenden Gegenfahrbahn. Die Türen wurden aufgerissen, Insassen stürzten heraus.

Meyer sah zuerst die Verformungen an den Leitplanken und die Glassplitter im Licht der Scheinwerfer auf dem Asphalt und erst dann den verbeulten Wagen mit laufendem Motor, an dem von den Hinzugeeilten die Fahrertür geöffnet wurde.

»Herr Wohlenberg?«, sagte Meyer zu dem benommen wirkenden blonden Mann, der aus dem Unfallwagen stieg. »Sie sind festgenommen!«

Dienstag

»Wisst ihr, was der Präsi gerade zu der Geschichte bemerkt hat?« Monika kam zur Tür herein und näherte sich dem Tisch, an dem Gabi, Walde und Grabbe Kaffee tranken. »Diese Woche hat turbulent begonnen!«

Grabbe verschluckte sich an seinem Kaffee. Gabi klopfte ihm kräftig auf den Rücken, zog aber sofort mit vor Schmerz verzerrtem Gesicht die Hand zurück.

»Du solltest deine Schulter wirklich mal röntgen lassen«, riet ihr Walde.

»Mal sehen! Wenn es bis morgen nicht besser ist.«

»In einer Stunde beginnt die Pressekonferenz.« Monika setzte sich auf den freien Platz am Tisch, wo noch die leere Kaffeetasse von dem bereits wieder in sein Dezernat zurückgekehrten Kollegen Meyer stand.

»Thomas Wohlenberg hat nur Prellungen erlitten, obwohl er nicht angeschnallt war. Bis jetzt hat er noch keine Aussage gemacht.« Walde stützte sein Kinn in die Hand. »Anweber hat eine schwere Gehirnerschütterung. Er kann erst in ein paar Tagen vernommen werden. Laut Aussage von Susanne Hörmann war er zumindest an der Beseitigung der Leiche von Niklas Domski beteiligt.«

»Was geschieht mit der Hörmann?«, fragte Monika.

»Die ist gegen Auflagen auf freien Fuß gesetzt worden«, antwortete Grabbe. »Je nachdem, was bei den Ermittlungen über das Gutachten der Wieskind bezüglich Frau Wohlenberg rauskommt, kann es eng für sie werden.«

»Für wen?«, fragte Monika, die während des Gesprächs in ihren Notizen blätterte.

»Für beide«, sagte Grabbe. »Niklas Domski hat den Tangoclub dazu genutzt, an die Wieskind heranzukommen und den Kontakt zu seinem Kieler Kumpel Martin Kotte arrangiert. Die haben sich ganz bestimmt nicht zufällig bei einem Tanzturnier kennen gelernt.«

»Und welche Rolle hat Thomas Wohlenberg gespielt?«, fragte Monika.

»Der hat den Verkauf des Penthouse ins Rollen gebracht und dabei ein, zwei kleine Fehler gemacht«, sagte Walde. »Und um die zu vertuschen, kamen weitere hinzu.«

»Ob er beim Tod seines Onkels nachgeholfen hat, werden wir wohl niemals klären können.« Monika strich die Papiere glatt.

»Ich denke mal«, sagte Grabbe, »er hat maßgeblich daran mitgewirkt, dass die alte Frau Wohlenberg sich nicht mehr gegen den Verkauf des Penthouse wehren konnte. Und da waren irgendwelche Unterlagen, die noch oben aus dem Abrisshaus verschwinden mussten. Und dabei ist Domski von der Treppe gestürzt.«

»Das war das erste Missgeschick«, sagte Monika.

»Um bloß allen Verdacht von der Baustelle abzulenken wurde Domski fortgeschafft.«

»Das war der erste große Fehler.«

»Nicht unbedingt«, widersprach ihr Grabbe. »Wenn der nicht auf dem Brückenpfeiler gelandet wäre, hätte noch alles gut gehen können.«

»Aber dann brach bei der Hörmann die Panik aus, als sie von dem Zeugen erfuhr.«

»Und der wurde von Wohlenberg umgebracht, weil es für ihn kein Zurück mehr gab und er die Hörmann davon abhalten musste, zur Polizei zu gehen.«

»Pech für Wohlenberg, dass er der Hörmann nicht mehr mitteilen konnte, dass der alte Hausmeister tot ist, weil die den ganzen Tag nicht zu erreichen war.«

Eine Woche später
Dienstagabend im Tangoclub

Auf der Theke vor Gabi stand eine große Flasche Wasser. Sie hatte eine Woche gebraucht, um mit ihrer Enttäuschung umzugehen und Kraft für diese Begegnung zu schöpfen.

Doch als Martin zur Tür hereinkam, seine Brille abnahm und am Revers seines Trenchcoats abwischte, schien ihr, als seien nur wenige Stunden zwischen ihrer ersten Begegnung im Tangoclub und heute vergangen.

Er trug eine Fliege, die sie noch nicht kannte. Kein Wunder. Sie wusste ja inzwischen, wie viele er besaß und dass er frühestens nach fünf Monaten wieder dieselbe trug.

Eigentlich sah er gar nicht so besonders gut aus, aber es gefiel ihr, wie er sich auf sie zubewegte, dabei den Mantel abnahm und sich neben sie auf den Hocker an der Theke setzte.

»Hallo.«

Gabi ließ es geschehen, dass er sie auf die Wange küsste.

Martin ließ sich lediglich ein Glas geben und schenkte sich nach einem fragenden Blick Wasser aus ihrer Flasche ein.

Danach saßen sie stumm an der Theke, während aus dem Nebenraum Tangoklänge und das Geräusch von Schuhsohlen, die sich über das Parkett bewegten, zu vernehmen waren.

Das war Martin wahrscheinlich aus seinen Therapiestunden geläufig. So brachte er vermutlich so manchen zurückhaltenden Patienten zum Sprechen. Gabi wendete diese Methode mitunter selbst bei Verhören an. Jetzt kam es also nur darauf an, wer von ihnen am längsten das Schweigen aushalten würde.

Nebenan wechselte die Musik. Das Stück von *Gotan Projekt* hatte Gabi zu Hause während der letzten Tagen immer wieder gehört.

»Sollen wir rübergehen?«, brach Martin das Schweigen.

Sie erinnerte sich an seine in einem tiefen Bass flüsternde Stimme an ihrem Ohr. Es überlief sie kalt, sie sah, wie sich die Haare an ihren Armen aufrichteten.

Um ihre Erregung zu verbergen, erhob sie sich und begleitete ihn in den Nebenraum an einen kleinen Tisch mit nur zwei Stühlen, wo sie die Mineralwasserflasche und die beiden Gläser zwischen sich stellten.

Die wenigen Paare auf der Tanzfläche schienen sich zu bemühen, möglichst viel Abstand voneinander zu halten.

Die halbe Flasche Rosé, die Gabi vorher aus Angst und Verzweiflung getrunken hatte, machte sie nur müde.

Sie stützte ihren Kopf zwischen die Fäuste, während ihre linke Schulter noch ein wenig schmerzte. »Was die größte Scheiße bei der ganzen Geschichte ist«, brach es plötzlich aus ihr heraus. »Ich hab mich in dich verliebt, ein Zustand, der in meinem Leben bisher selten und in den letzten Jahren gar nicht mehr vorgekommen ist. Das schmerzt und verwirrt mich auch.«

»Ich hab mich auch in dich verliebt.«

»Ich bin mir noch nicht ganz sicher, ob ich ein Disziplinarverfahren gegen mich selbst einleiten soll.«

»Warum denn das?« Martin schien immer noch seine Routine aus unzähligen Therapiestunden anwenden zu wollen, in denen er seine Gesprächspartner agieren ließ.

»He, du bist das Problem, nicht ich!« Gabi hob ihre Stimme.

Ein vorbeitanzendes Paar drehte sich zu ihr um.

»Und, wo liegt das deiner Meinung nach?«, fragte er.

»Ich liege nicht in deiner Praxis auf der Couch.« Sie öffnete ihre Handtasche und ließ sie gleich wieder zuschnappen.

»Siehst du mich eher im Vernehmungsraum?«

»Dann hätte ich dich persönlich vernommen und das nicht meinen Kollegen überlassen!«

Ein vertrautes Lied erklang.

»Lass uns tanzen.« Martin ergriff sanft ihre Hand.

Nach den ersten Schritten in seinen Armen wurde Gabi bewusst, was sie tat. Es war schön und gleichzeitig bitter.

»Wie geht es weiter mit uns?«, fragte er.

»Ich schätze mal, das hier wird unser letzter Tango sein.« Gabis Miene zeigte beim Ocho keine Regung. »Für deine Kollegin Corinna Wieskind wird es, falls sie nicht zu einer Haftstrafe verurteilt wird, das Beste sein, wenn sie in den Ruhestand geht. Deine Verbindungen zu Susanne Hörmann von Kiel her sind bekannt. Die dortigen Kollegen ermitteln ebenfalls weiter.«

»Ich wollte wissen, wie es mit uns beiden weitergeht.«

Sie hob das Kinn noch ein wenig höher, als sie vor ihm kreuzte. Dann ließ sie ihn mitten auf der Tanzfläche stehen. »Aber auf den Tango werde ich nicht verzichten. Es gibt schließlich zwei Tangoabende. Heute ist dein Tag! Der Freitagabend gehört zukünftig mir!«, sagte sie im Hinausgehen.

Mittwoch

Walde saß zusammen mit Doris und Annika auf der kleinen Terrasse vor Ulis *Gerüchteküche.* Er fühlte sich ein wenig wie ein Tourist. Auf dem Sockel des nahen Marktkreuzes hatte sich eine Gruppe Mädchen an der sonnenbeschienenen Seite niedergelassen.

Uli brachte Getränke und legte einen Malblock und Stifte neben Annikas Eisbecher.

Während Doris ihren Milchkaffee rührte und Annika schmatzend Eis löffelte, beobachtete Walde die Leute, die vorbeischlenderten. An einem Mann mit hellen Laufschuhen und wippendem Gang blieb sein Blick hängen. Der Mann hob kurz die Hand zum Gruß. Als Walde ihm zunickte, erschien Rockys Zahnlücke.

»Und du willst wirklich mit uns auf Shoppingtour gehen?«, fragte Doris.

Walde nippte an seiner Weinschorle. »Warum glaubst du, trinke ich schon am Nachmittag?«

Die Spitze von Annikas Stift brach mit einem hellen Knacken. »Kaputt!«, war ihr Kommentar. Sie nahm sich einen anderen.

»Ich suche was Schönes und Bequemes!« Doris trank an ihrem Kaffee und wischte sich den Milchbart von der Oberlippe.

»Kein Problem.« Walde grinste. »Es sei denn, ich muss Annika wieder aus einer Kabine bergen, in der eine Kundin gerade Unterwäsche anprobiert.«

Er schaute sich um. Im Fenster der *Gerüchteküche* hing ein Plakat mit dem Hinweis: aktuell! EXTRABLATT aktuell!

»Hast du wieder einen Bewerbungstermin?«

»Warum?«

»Ich dachte, du würdest die schicken Klamotten vielleicht dafür benötigen.«

»Nein«, sie schob sich die Sonnenbrille ins Haar. »Der Eventagentur habe ich abgesagt.«

»Und warum?«

»Mein Bauchgefühl sagt mir, dass das nichts wird. Ich hab keine Lust, noch mal mit einem Newcomer zu scheitern.« Sie schloss die Augen und hob ihr Gesicht der Sonne entgegen. »Und mein Bauch sagt mir auch, dass ein besserer Job auf mich wartet.«

»Ein besserer Job?«

»In ein paar Tagen weiß ich mehr.« Sie lächelte geheimnisvoll.

»Kannst du dein Bauchorakel auch mal fragen, wer mir die blöden Päckchen schickt?«

»Gestern und heute ist nichts gekommen.« Doris hielt die Augen geschlossen und legte eine Hand auf ihren Hosenbund.

Annikas Eislöffel fiel klirrend auf das Pflaster unter Waldes Stuhl.

»Nicht kaputt!«, war ihr Kommentar.

Walde hob ihn auf. »Ich hole dir einen sauberen!«

»Sonderurlaub?«, fragte Uli, als Walde ihm an der Theke den Löffel hinüberreichte.

»Überstunden abfeiern.« Walde schielte auf den neben ihm liegenden Stapel des Extrablattes.

»Da findest du nichts über die *City-Passage.*« Uli hatte Waldes Blick bemerkt. »Das Thema kommt ja gar nicht mehr von der Titelseite der Tageszeitung runter. Dank dir und deiner Truppe.« »Auch Kommissar Zufall war mit dabei«, sagte Walde. »Und du natürlich auch.«

»Wären wir nicht in der *Weinklause* gewesen, würde Kaspar Schreiner noch leben.« Uli reichte seinem Freund einen Löffel über die Theke.

... die Moselkrimis

AKTE MOSEL

Kommissar Walde sieht alarmierende Anzeichen dafür, dass ein Psychopath, der vor Jahren die kleine Nicole tötete, wieder aktiv wird. Besteht eine Verbindung zu dem längst abgelegten Fall »Akte Mosel« oder jagt er ein Phantom?

1999, Roman, 288 Seiten, € 8,90

ISBN 978-3-924 631-90-1

SOKO MOSEL

Mysteriöse Drohungen, hochgradig vergiftete Zigaretten, der Chef der Wachmannschaft verschwindet – ein Zigarettenkonzern wird im großen Stil erpresst. Geht es um Geld oder steckt Rache dahinter?

2000, Roman, 222 Seiten, € 8,90

ISBN 978-3-924 631-99-4

ENDSTATION MOSEL

Ein Frachter rammt die Moselbrücke bei Mehring und sinkt. Kommissar Walde macht im Rumpf des Wracks eine grausige Entdeckung – fünf illegale Einwanderer waren in einen Container eingesperrt. Die Spur führt zu einer Klinik in die Eifel.

2001, Roman, 240 Seiten, € 8,90
ISBN 978-3-935 281-02-7

TATORT MOSEL

Ein Promi aus der Trierer Geschäftswelt liegt ermordet auf der Moselinsel unter der Kaiser-Wilhelm-Brücke. Kommissar Walde und seine Kollegin Gabi stoßen bei ihren Ermittlungen auf einen Sumpf aus Korruption und Vetternwirtschaft.

2002, Roman, 278 Seiten, € 8,90
ISBN 978-3-935 281-08-9

INKASSO MOSEL

Eigentlich hat Kommissar Walde Urlaub. Doch der Mord an einer Studentin macht ihm einen Strich durch seine persönlichen Planungen. Sie war die Freundin eines windigen Immobilienhais und die Tochter eines angesehenen Trierer Richters, der bald darauf in einen Justizskandal verwickelt wird ...

2003, Roman, 256 Seiten, € 8,90

ISBN 978-3-935 281-21-8

MARATHON MOSEL

Die Verantwortlichen haben die Drohung bis zuletzt nicht ernst genommen. Jetzt ist keine Evakuierung der Großveranstaltung in der Trierer Innenstadt mehr möglich. Ein terroristischer Anschlag steht unmittelbar bevor. Ein nervenzerreißender Wettlauf mit der Zeit beginnt.

2004, Roman, 256 Seiten, € 8,90

ISBN 978-3-935 281-31-7

CODEX MOSEL

Exponate von unschätzbarem Wert werden aus der Domschatzkammer geraubt. Hat der Gärtner des Domkapitulars dafür sein Leben lassen müssen? Hier fangen für Kommissar Walde die Probleme erst an. Überraschend mischen sich Salvatore Montalbano, Kay Scarpetta, Siggi Baumeister, Kurt Wallander, Guido Brunetti und Hanne Wilhelmsen in die Ermittlungen ein.

2005, Roman, 256 Seiten, € 8,90
ISBN 978-3-935 281-44-7

FLUCHTPUNKT MOSEL

Ein Toter in der winterstarren Eifel: ermordet, Identität unbekannt. Die Spuren führen in das Milieu der Raubgräber. Der Roman lotet die Grenzen zwischen Fakt und Fiktion aus. Kommissar Walde macht die lebensnahe Bekanntschaft von Quintus, einem Hunde-Dickkopf.

2006, Roman, 256 Seiten, € 8,90
ISBN 978-3-935 281-49-2